# 古木巡礼

倉本聰

文藝春秋

# 目次

'21. 1. 20
円山のカツラ
so

絵　倉本聰

# 古木巡礼

# 戦争好きの人類へ

目をさますと　森の奥にいた
どこまでも涯《はて》のない　深い森だった
何人かかっても　抱《かか》えきれない
老木たちに　とり囲まれていた
それらの古木たちは　顔見知りだった
カナダ西海岸ハイダグワイの巨木
青森深浦の大イチョウ
北海道富良野東大演習林のカツラたち
静岡磐田　駅前の大クス

北九州の皇后杉
長崎山王神社門前の
原爆から蘇った　被爆のクスノキ
木たちはみんな　いつもとちがった
いつもとちがった厳しい顔だった
僕は緊張し　全身が震えた
彼らはみんな樹齢数百年
中には数千年を超えるものもいた
２０１９年秋10月
その日台風十九号が
日本中の河川を氾濫させた日だった
一本の老木が口を開いた
聞いたこともない
低層音のささやきだった
低層音だがその声の響きは
ズンと全身の細胞に沁みた

どういうつもりか　と老木が云った
君たち人類は　敵を作りたがる
アメリカ　ロシア　中国　北朝鮮
君たち人類が人類同士で
敵を作って戦うのはかまわない
それは君たち人類の勝手だ
だが今君たちは　地球というもの
自然を敵に廻そうとしている
自然が君たちに　何をしたというのだ
自然は君たちをずっと守ってきた
時には君たちに試練を与えたが
それは君たちに　気づかせたかったからだ
君たちが自然の一員であることを
しかし今　君たちはそのことも忘れた
君たちは浅はかな脳の肥大で
科学という新しい兵器をつくり
経済至上主義という愚かな旗印で

自然にけんかを売ろうとしている
自然に戦いを挑もうとしている
自然に戦争をしかけようとしている
自然を敵に廻そうとしている
トランプ　プーチン　習近平　安倍晋三
愚か者たちが　わずか数十万年前
この世に誕生した人類という種が
地球のトップ　支配者だという
愚かな錯覚と勘違いに陥り
地球そのものを　こわそうとしている
自然を敵に廻そうとしている
愚かなことだ
愚かすぎる

経済至上主義
経済最優先
どういうことか　判っているのかね

君たちの経済の　種は何なのか
地球が営々と積み上げてきた
自然の遺産
大気、水、土、陽光、草や木
石炭、石油、ウラン、レアメタル
そうしたものを勝手に掘り返し
それを利用して科学者という
哲学なき愚者が
浅薄な豊かさをどんどん産み出す
それを君たちは
英雄としてもてはやす
ノーベル賞がその一例だ

もっと小さく物を見てみよう
今度の台風十九号の被害
どうしてこんな巨大な台風が

地上に生まれることになったのか
海面温度の上昇が原因だ
海面温度はどうして上ったか
人類の生活の変化の結果だ
温室効果ガスを排出した結果だ
暑いからといってクーラーをつける
クーラーは室内を冷やしてくれるが
熱い排気熱を空中にばらまき
大気の温度をどんどん上げる
海の温度までそれは引き上げる
そうした原因がつもりつもって
地球の異常な気候変動を生む
そこには明確な　原因と結果がある
だがその原因と結果の距離が
あまりにも遠いから　人々は気づかない
いや、気づいていても更《あらた》めようとしない
だがそこに厳然と　原因と結果はある

そのことを君たちははっきり知っている
知っているのに　知らないふりをする

たとえば農業
昔、ナイルで見られたように
洪水は上流の肥沃な土を流し
その上に人間は植物を育てた
その地は農地となり　人々をうるおした
しかし時が過ぎ　人口が増えると
農地を宅地として売るものが現われ
やがてその場所は　町となった
だが元々　その土地は
洪水が肥沃な大地に変えた土地だ
大地はしばしば昔のように
大規模な洪水を上流からもたらす
すると町民は大声で叫ぶ
家が水没した　何とかしてくれ

たとえば戦争
戦争は様々な兵器を産み出す
その兵器を作って　儲ける奴が出る
兵器を売って　儲ける奴が出る
破壊された街を片付けなければならないから
その片付けで　稼ぐ者が出る
破壊された町を復興させようと思う
するとその復興で稼ごうと考える者が出る
破壊は新たな復興を生み
そこに　ビジネスチャンスが生まれる

天災の場合も同じではあるまいか
異常気象は天変地異を生む
天変地異は破壊を招く
破壊の後には復興が来る
そこに新たなビジネスチャンスが出来る

もしかしたら　経済最優先の輩《やから》は
そういうチャンスを待っているのではないのか
いやもしかしたらそういう輩は
天変地異を待っているのではないか
異常気象を待っているのではないか
ただ一刻《いっとき》の豊かさの為に
地球の異変を待っているのではないか
この国のトップの云う経済最優先は
そこまで見越した政策なのではないか

人類よ
こんな汚れた邪推までしてしまう
今の自分が恥ずかしく　情けない
わしらは単なる老木だ
自然の中で静かに生きてきた
わしらはしゃべらない
文句を云わない　歩かない　主張しない

しかし君たちが自然を敵とし
自然に対して戦争をしかけるなら
わしらは君たちと　戦わねばならない
何故ならわしらは
自然の側にあるからだ
けものも虫も　小鳥も花も
水も空気も
大地も天も
みんなわしらの側にいる

それでも君たちは　本気でわしらに
戦争を売ってくるつもりかね
自然を　敵にしてしまうつもりかね
わしらはこれまで　何百何千の時を
この地球上で生き延びてきた
そして　さまざまな人間を見てきた
かしこい者もいれば

愚かな者もいた
しかし過去に見た殆んどの人類は
例外なく我々　生き延びてきた命を
その経験と体験の重みを
尊敬し　そこから学ぼうとした
今のような傲慢と無礼
こんな態度を　示したものはなかった

人間たちよ　考えて欲しい
君らが　君らの云う経済最優先の為に
全ての歴史を捨てるというなら
自然に戦いを挑もうというなら
それはそれで良い　覚悟をしたまえ
君らの滅亡は　もう目の前だ

２０１９年の天の怒りは
君らへの我々の

戦いの狼煙《のろし》だ

## 御神木のつぶやき

今でこそ国の天然記念物云うてな
花の時期にゃあ全国から暇人が
車連ねてわざわざ見に来るよ
最近は何じゃ
スマホちゅうのか
ちっこい機械をみんな持ってな
インスタ映えちゅう
訳の判らん念仏唱えてな

御神木じゃと崇《あが》め始められたのは
明治の頃からか
それまでは誰も
見向きもせんかった
安土の頃には　戦にまきこまれて
ここらの村ァ火をつけられて
まわりの森ァ全部焼かれた
その以前には七軒程の家が
畑耕して細々と生きとったがな
だからもう　誰も知らんことだが
わしの木の幹の奥の奥には
炭になった焦げ跡が
今もまだあるよ
知っとるもんは
誰もおらんがな

東の豪族と西の豪族が

意地と欲とでぶつかり合うて
どっちに付くかで血眼じゃった頃
東に付きゃあ生き残れるか
西に付いた方が得になるか
七軒の部落が二つに割れた
その頃ァみんな血気盛んでな
家族守る為に二つに割れた
いや
家族守る為とみんな叫んだが
本当は一寸
ちがったんじゃねぇか
夫々《それぞれ》の面子《めんつ》
夫々の意地
それに
恥をかきたくねぇ
人に負けたくねぇ
それが当時の男共の

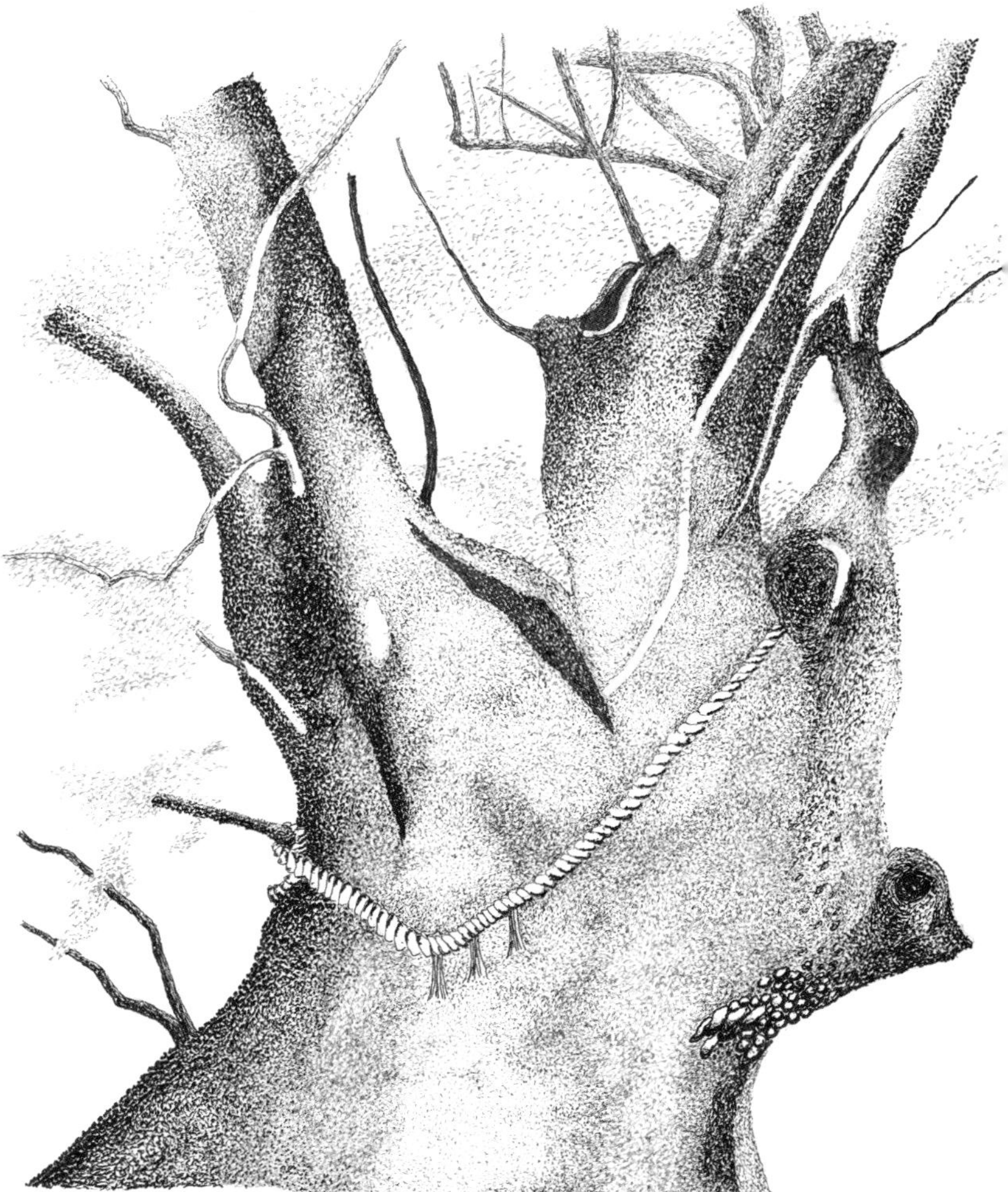

'20. 6. 24

清武の大クス　推定樹令900年
(宮崎市. 船引神社)

一番大事なことだったんじゃねぇかな

わしら樹木には　あの感覚が
どう考えても判らなかったな
意地を張るのが　そんなに大事か
面子を保つのが　そんなに重要か

わしら　自分の中でしか考えん
枝が折れたら又芽を出しゃいい
水が不足なら根で水を探れ
どこかに少しでも命がある限り
命を肥《ふと》らすことがわしらの仕事だ
そうすりゃ喧嘩せずに
わしら生き残れる
それが生き物の　やり方なんじゃねぇのか

ところが人間はちがうらしいな
人間は争うことの大好きな生き物だ
喧嘩・戦争
それが趣味なんだな
どうしてもそっちへ向かっちまうんだ
そうして傍《はた》をまきこんじまう
どうやらそういう生き物らしい

わしらが見てきた人間の歴史
源平合戦から戦国時代
維新、昭和の世界大戦
近頃の世界の有様だってそうだ
アメリカとソ連、それに中国
北朝鮮に　今度はイラン
規模はちがうが　昔と変らんな
頼朝と清盛
織田と今川

上杉と武田
トランプと金《キム》さん
あの頃からあんまり進歩は見られんな
進歩したのは欲の深さと
科学ちゅうもんが発達したことだ
ケンカが複雑に　大規模になっちまった
だからまわりの巻き込み方も
昔と比べて尋常じゃねぇわさ
そういうことに　つき合わされてきた
わしら樹のことも
時にゃあ考えて欲しいもんだ

わしら　怒らんよ
うん、樹は怒らねぇ
伐られたって焼かれたって
そうか、って思うだけだ
そうか伐られたか

じゃあ又芽を出すべぇ
それに　上《のぼ》せねぇ
何百年も放っておかれたのが
急にみんなに注目されて
御神木だって急に崇められて
祠《ほこら》立てられて注連縄《しめなわ》巻かれて
ありがたやありがたやって拝まれたってよ
何がありがたいのかさっぱり判んねぇ
今年ぁ地べたが水を溜めたか
増えすぎた虫を
キツツキがちゃんと喰ってくれるか
喰いすぎて虫を絶やしちまわんか
そんなこと考えて一年々々
少しずつ幹廻りを肥らして行くだけよ
ところが人間は　どうも違うらしい

人間が何より大事にするのは
意地と面子
進歩と発展
夢と欲望
最近はスピード

一寸聞くがな
疲れるだろう？

疲れんか？
疲れると思うぞ
顔見てりゃ判るよ
あんた方相当くたびれとるよ

程々にしなさい？
あんまり　無理せんでな

# オガタマノキ

教えてくれんか
どうして近頃子供たちは
森に姿を見せんのだ
見せんよ全然
もう何年になるか
子供たちの声を全く聞いとらん
昔ァ年中森の中には
子供らの声が溢れとったもんだがの

最後に見たのは　何年前か
小学校の課外授業じゃいうて
学校の先生が何人もついて
列から離れるな
勝手に動くな
勝手に動いたら迷子になるぞ
森は恐いんだ
クマやイノシシがいる
道に迷ったらつかまって喰われるぞ
絶対子供だけで森に入ったらいかん
夜になったらお化けも出てくる
恐ろしい世界だ
絶対入るな

何を云うとる！
馬鹿云うちゃいかん！
森が恐いとこだなんて誰が云い出した

そんなこと誰が云いふらしとるんだ
クマが人を喰う!?
誰だそんなこと云う奴は！
クマは元々、森の番人だ
それに臆病でとっても人見知りだ
こっちが悪させにゃあいつらは何もせん
あいつらは元々人と親しくなりたいのよ
特に子供とはな
だがクマは恐いもんだ危ないもんだと
大人が散々子供に吹きこむから
子供はハナからクマを敵だと思ってしまう
森でバッタリクマと出逢ったら
最初から敵扱いだ
泣くか逃げるか棒をふりまわすか
もう頭っからけんか腰だ
クマだって戸惑うよ
敵意もないのにけんか腰になられちゃ

それで時々行きちがいが起きるんじゃな

森でバッタリクマに出逢ったら
一番良いのは、関心持たんことよ
自分は忙しくてやることがあって
あんたにかまっとる時間はないんだって
無関心でいることだな
完全に無視するの
町でやくざに逢った時と同じだ

ただ一つだけ気をつけにゃぁいかんのはな
相手の敷地に入っちまった時だ
こりゃあ入ったもんが元々良くない
寛容なクマなら見逃してくれるが
気短かなクマならそりゃ怒鳴られる
あんたの庭先に見知らぬもんが
ズカズカ勝手に入って来たら

あんた怒って一発怒鳴らんか？

森には三つの森があるんだ
一つはヒトが入るのを許されとる
入ってキノコや山菜をとったり
たきぎをとったり遊んでいい森だ
これが里山だ
ヒトの出入りの自由の森だ
その上にあるのが高所の森、森林だ
ここはけものたちの領域《テリトリー》だ
勝手に入ると彼らの敷地を侵す事がある
これはやっちゃいかん
彼らを時々怒らせる
元々は里山も彼らのものだったのさ
でもヒトにその領土を分けてくれたンだな
寛容なもんさ
どっかの国とは一寸ちがう

さて、里山とその上の森林
その更に上にあるのが〝神の領域〟――岳《だけ》だ
ここはヒトのもんでもけもののもんでもない
神様のお住いの神聖な場所だ
だから祈ってから入らにゃいかん

そういう区分になってるんだ

ところでわしの立つこの里山だ
此処に子供らが来んようになった
という話だ
昔は年中子供らが来て
木登りしたり、虫を探したり
ツタにぶら下ってターザンごっこしたり
そりゃ愉し気な遊び場だったんじゃ
色んな動物も一緒に遊んだし
古いアイヌの言葉では

〝カムイミンタラ〟

神々の遊ぶ庭、と云うたんじゃ
それがバッタリヒトが来なくなった
何故じゃ

子供ばかりじゃない
大人もあんまり来ん
たまに来るのは我々古木を訪ねて来て
古い！　でかい！　と変に感激して
両手を合わして拝む連中だけよ
拝んでくれることなんてないのよ！
感激なんてしてくれんで良いのよ！
わしら只齢《とし》くって
ここまででかくなっただけなんだから！
齢くって老けただけで拝まれたらあんた
馬鹿にされとるような気がするわい！

シワとかシミとかを笑われとるような
オチョクラれとる様な気がするわい！
手なんか合わせせんでも
注連縄なんかはらんでいいわい！
それより昔のあの頃みたいに
子供らの声がききたいのよ
キャッキャとわしの幹を
よじ登って欲しいのよ！

子供らだけじゃない
あんたら大人も近頃、冷たい！
こんなに暑い日が続くのに
誰も木陰に涼みに来ようとせん！

木陰は涼しいぞ
天空を葉っぱが覆《おお》っとるからな
日向《ひなた》と五、六度は温度がちがうだろう

もっとちがうかも判らんな
だから昔の人方は
仕事の合間に木陰に逃げこんだ
蒸された体を一度冷やして
汗の引くのをしばらく待つのよ
クーラーなんて要らんよ
もっとずっと簡単じゃ
たまにそよ風がサワサワ吹くとな
そりゃもうスーッと
天国にいる気分よ
クーラーの冷気とは理由《わけ》がちがうがな
花の香りもすりゃあ、小鳥の声もする
それに夕立ち
ふいに夕立ちにおそわれるとな
みんな一斉に木陰に逃げこんだ
木陰で雨を避け、やり過すんじゃ
何重にも重なった葉っぱの屋根が

'20. 10.
オガタマノキ

ずぶ濡れからみんなを守ってくれるからな
雨から逃れて　仕事の手を休めて
村の衆はのんびりおしゃべりするんじゃ
このおしゃべりが他愛なくて
邪気がなくって楽しかったな
わしら話に加わるわけにゃいかんが
きいてるだけで楽しかったよ

ドウシテ腰下ロサン
イボ痔ガ痛クテサ
アリャ又イボ痔カネ
モグサ使ッテミタカイ
使ッタケド効カンカッタ
ヨク揉《モ》ンデ塗ッタカイ
揉ンダサゴシゴシ
ソレデモ効カンカネ
全然ダメダ

火ィツケテミタラドーカネ
ソリャオ灸ダベ
カンベノジイチャンハ一発デ効イタト
火傷《ヤケド》シナカッタンカ
ヤッパリシタト
アリャ
ソレデドウシタ
モグサ塗ッタト
オカミサン見セテミレ
ココデカ
アア
恥ズカシイ！
何云ッテンダオボコジャアンメイシ
見テモラエ見テモラエ
ソウカイ？　ジャ一寸ダゾ
（間）
アリャ！

アリャコリャデケェワ！
コリャア痛ェワァ！
真赤ニハレトル
赤クナットルカイ
一寸押シコムゾ
イテイテ！　サワルナ！
ガマンダ！
ガマンセェ!!
押シコミャ楽ニナル！
イテ！　イテイテッ！　ギャーッ

こういう平和な情景があったよ
それで気がつきゃ夕立ちが過ぎとるの

あれは　戦争の終る一寸前だったたか
疎開で東京からやってきて
西村の納屋に住んどった

小山内っちゅう一家がおった
一家というても母一人子二人じゃ
子供は国民学校五年の兄貴と
やっと学校に入りたての妹よ
父親は戦地にとられて行方不明
母親は軍需工場に働きに出されて
週に六日は家に帰ってこん
子供が喰う分の金だけは
週に一回持って来るんじゃ
そのうち村に噂がたってな
軍需工場の主任のヒヒおやじと
母親がひそかに出来とるちゅう噂よ
その噂はパッと村に拡がった
子供らはたちまちいじめにさらされた
兄妹は学校へ行かんようになった
その頃よ
兄のタケシが妹のユリをつれて

わしのこの樹に来るようになったのは

その頃はもう戦争の末期で
森に来る子なんて誰もおらん
だからわしゃあいつらのこっそり来るのが
そりゃ嬉しくて待ち侘びたもんじゃ

二人はこの木で毎日遊んだ
タケシは木登りが得意じゃったから
ユリをひっぱって上の枝へ登った
ユリも次第にコツを覚えて
兄貴にくっついて上へ上った
どんどん上へ
葉っぱの中へ
下からはもう見えん高さへだ
そこの大きな枝分れの股《また》に
小枝を集めて基地を作ったんだ

そのうち夜もそこへ泊り出した
月夜の晩は小さな声で
声を合わせて唄をうたっとった
当時流行っとった軍国歌謡をな
〝湖畔の宿〟とか　〝支那の夜〟とか
〝夜来香《イエライシャン》〟とかそう云った唄をだ
ふくろうだけがその歌を聴いとったよ

人間つうもんは不思議な生きもんだ
元々樹の上、樹冠で暮しとった
猿とかムササビの進化した仲間だ
だから木の上で遊ぶようになって
昔の習性をとり戻してくるんだ
半年も経たんうちに
二人は木登りがどんどん上達して
普通の人間のよう行かんような

細い枝先まですするすると登った
いじめっこが来ても見つからんような
葉っぱの奥へとかくれてしまうんじゃ
あいつらはわしを棲家にしてくれた
木の実やきのこや葉っぱを喰うてな
タケシとユリの小さな兄妹
可愛かったな
可愛くて愛《いと》しゅうて
地上二十メートルのわしの枝先で
苔を敷きつめて抱き合って眠るんじゃ

軍需工場が空襲でやられて
可哀想に母親は焼け死んでしもうた
村の役場の小使いさんが
そのことを知らそうと子供らを探したが
二人はどうしても見つからなかった
まさか木の上におるなんて思わんから

学校の先生や消防の者たちが
ずい分夢中で探し廻ったが
見つけることは出来なかったよ

戦争が終って日本中大さわぎで
二人のことなんぞみんな忘れた

ある朝目をさましてふと気づいたら
二人の姿がどこにも見えんのよ
となりのイチョウに知らんかときいたら
明け方二人がもっと上へと
細い枝を摑《つか》んで登って行ったと
月の光にその姿を見たと
そう云うとった
あの子らはきっと　別の世界に
渡ってったんじゃろう
とイチョウが云うとった

そりゃあ良かった　とわしゃ思うたよ
ああいう子供を見んようになったな
木に登る子も
涼みに来る大人も
雨宿りにとんで来る村の衆も

わしの木陰は涼しいのにな
夕立ちからも守ってやるのにな
わしら人様の
役に立ちたいのにな

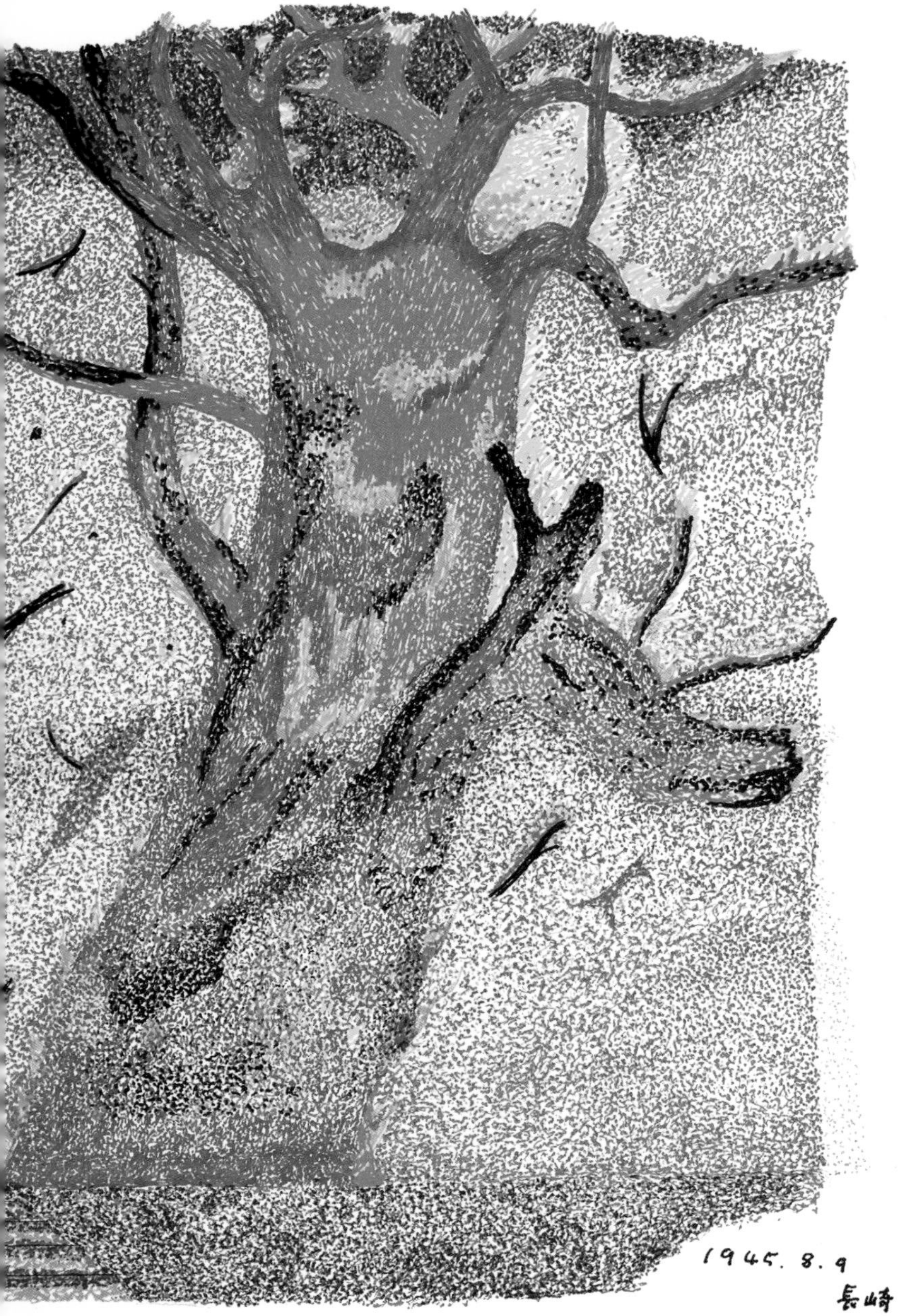
1945. 8. 9
長崎
50

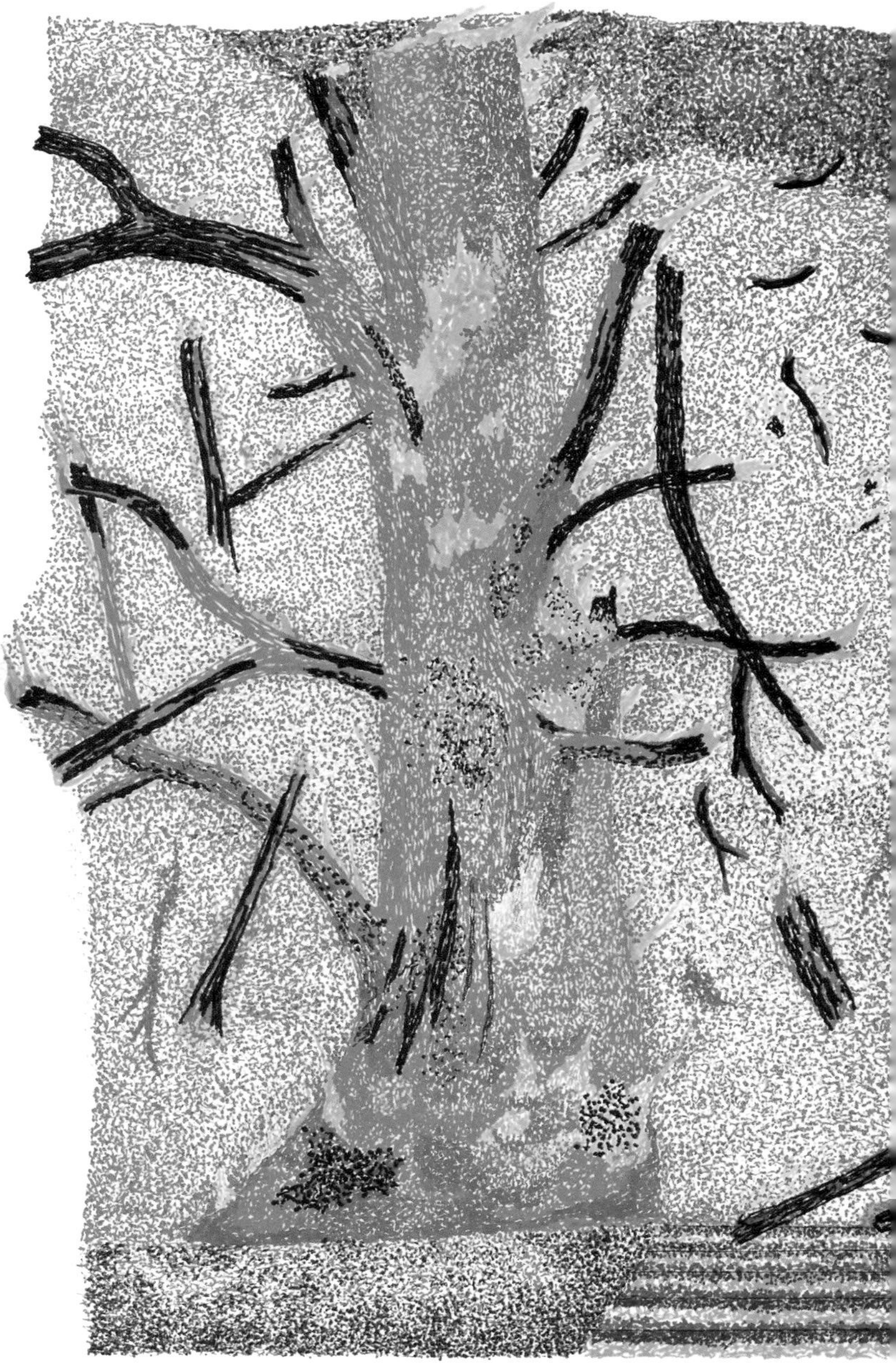

長崎山王神社・奇蹟のクスノキ

# 長崎山王神社・奇蹟のクスノキ

耳は聴こえんよ
目も見えんのだ
七十五年前のあのピカドンのせいでな
そりゃあ物凄い音だったよ
音というより　衝撃波だな
一体何が起こったのか
体中を一瞬で叩きのめされるような
事実一瞬のその轟音の谺《こだま》が
十年二十年わしを包んどった

光はその音と同時に来たのよ
ピカッ　と人は云うが
それはあの時立会っとらん人《もん》の台詞だ
ピカ　まで誰も見とらんよ
ピ
そこまでしかわしゃあ見とらんよ
音だって　バリ　のせいぜいバまでよ
意識と記憶の中にあるのはな
後は谺と眩しすぎる光
それと熱風
葉・枝・幹・苔
それが一瞬で火にまかれ　燃え飛んだ
山王神社が燃え飛んだ
住んどる人方が燃え飛んだ
鳥居の石が飴のように溶けた
長崎の町が一瞬で蒸発した

あれは悪魔の仕業じゃったな
人間の手でない　悪魔の仕業よ

火山の爆発　地震に津波
自然も時々似たことをするがな
あの日のピカドンの一瞬の破壊は
自然のやることとは全くちがう
どういうんだ
悪意に満ち満ちた
邪悪なもんだったたな

山王神社の石段を上ったとこに
左右向き合ってすっくと立っとった
わしら二本のクスノキもたちまち
一瞬で火がつき轟々と燃えた

轟々ではないな
バッと燃えたんだ
左右に張り出しとった枝も折れて燃えた
八月の陽光に盛っとった葉っぱも
一瞬で火の粉になり
熱波の中で舞った
浦上の天主堂のマリアの像も
寺々の仏像も
長崎の町全てが
一瞬のまばたきで
地獄絵図になったよ

これで終りだといわれたのよ
長崎の土地にはこの先百年
植物は生えまいと　みんな云うたのよ
ピカドンの毒に侵された土には

草も木も育つまいと学者も云うたのよ
人も恐らくもう暮せまいと
ところがだ

あれは正確には何年経っとったかな
そんなに経ったとも思わんがの
わしのクスノキの焼け焦げた幹から
一本の新芽がヒョロリと生え出した
それは一本でなく二本三本と
細い芽を出し　葉をつけたンだ
最初見つけたのは近くに住む子供だったが
たちまち噂になり人々が見に来た
噂をききつけた学者もとんで来たな
学者先生の最初に云ったのが
——奇蹟だ！
っちゅう一言よ
それでわしらは〝奇蹟のクスノキ〟と呼ばれるようになった

なめちゃいかん！
てわしら笑ったな
クスノキをなめちゃいかん
樹をなめちゃいかん
植物をなめちゃいかん
わしらあんたら人間が生まれるずっと前から
この地球上に生きてきたんじゃ

いいか？
あんたらは脳ミソを自慢する
脳ミソで何でも考えられ
どんな難問も解決できると思っとる
そうかな

あんたらの脳ミソは頭にある

人の体の一番上の場所だ
だからあんたらは　上をありがたがる
上に行きたがる
上位に立ちたがる
でも考えてみろ
上は一番危い場所だ
一番不安定で危険な場所だ
わしら樹の脳は
普通我々は脳とは呼ばんが
様々な指令を出す指令塔は
根にある
一番下にある場所だ
一番下にあって土にかくれ
いわば物事の基礎となる場所だ
そこには土があり水があり
光と酸素が幹を通して集まる
そこには無数の菌もいる

菌はかしこいぞ
たとえばシアノバクテリア様
この方は我々の大先輩だ
植物にしろ動物にしろ
地上の生き物は六億年前から地上に誕生したというが
シアノ様は二十七億年前から存在する
二度の全球凍結の時代も
シアノ様はしっかり生き続けられた
それ程したたかでかしこいもんだ
シアノ様は藻類と共生して
地衣類というものを創る
苔に似ているが似て非なるものだ
こういうものが時々根に集まる
この方たちが上に指令を出す
実を生らせとか花を咲かせろとか
この枝を枯らせろとか葉を落とせとかな
つまり人間の脳に代る指令を

上からでなく　下から出すのよ
つまり木にとっては人間とちがって
上より下が大切なものなのよ

ピカドンが地上を焦土にしようが
地下深くにまでその力は及ばん
クスノキの根はしっかり地下では生きとったし
菌類や色んな未知のものの協力で
人間の悪意に敗れることなく
新しい芽を地上に出したのよ
だからこいつは奇蹟なんかじゃない
植物をなめたらいかんというんだ

おい
お前らの学者がアホなこと云うなと
わしの云うことを笑うても知らんぞ

これはあくまでクスノキの説だ
偉い学者さんの説とはちがう
だからあんまり他所《よそ》で云わん方が良い
下の方の説だ
上の説でない

'19.9.18
長崎 山王神社　被爆のクスノキ

## 歩こうとした樹

長い年月の間に
土が崩れて根が上ったと
世間の奴は考えている
それはちがう！
一寸ちがうんです

俺の根っこが
こんな変てこな形になったのには
実は　青春の蹉跌《さてつ》があったんです

あんた達だってあるでしょう？
若い時分に
どうしてあんなことに夢中になっちまったのか
今にしてみると信じられないってこと
でもあの頃は　それしかないって
それが人生での俺の仕事だって
思いこんじまう　そういう時期がありますよ　ね
他の奴らは考えもしない
阿呆な夢に取り憑《つ》かれる季節が

動いてみたいって
考えちまったんです
樹は動かない
その概念を
覆《くつがえ》してみたいって
思っちまったんです

一度思ったらその考えが
頭の中にこびりついちまって
いても立ってもいられなくなっちまって
その思いに完全にとり憑かれたンです

動いてみよう！
外の世界を　見てみよう！
樹は一ヶ所に根を下ろし
そこから動かないで一生を過ごす
そういう固定概念があって
みんなその概念を
永年かたくなに守ってきたんだけど
果たしてその概念は正しいことなのか
そこに疑いを持っちゃいけないのか
無数に生えてる樹の中で
一本位はその前例を破り
自由に　自分の意のままに

各地に出かけて
その場所々々を見
新しい知識を吸収し
今までになかった知見を身につけ
その上で元の場所に戻ってくる
戻って、動かない他の樹たちに
外の世界はこうこうだった
俺たち全く世間知らずだった
俺たちすっかりもう遅れていた
このままじゃいけない
外界を見よう
いつまでも古いしきたりの中で
安穏と生きてちゃいけないンだ
そういうことを啓蒙してやろう
そういうアイディアに
興奮しちゃったンです
いわば革命です

革命思想《アカの》です
そういう思想にとり憑かれちゃったンです

きっかけは鳥です
ミサゴっていうタカの一種です
そのミサゴっていう鳥の夫婦が
オレの枝先に毎年巣を作って
卵を生んで
ヒナを育てるンです
昼間は一方がヒナを守って
もう一方が餌をとりに行く
餌は魚です
そいつを腹に貯めて
口から吐き出してヒナに与える
そいつらの会話にしょっ中出てくるのが
〝海〟って言葉です

有明海っていう海の話です
海って何だ？
気になり始めました

海ちゅうものをそれまで知らなかった
最初は魚の棲む水たまりのでかいのか
そんな程度に思っとりました
ところがミサゴ達の話をきいとると
どうもそんなもんとちがうようです
どうもでかさが尋常でないみたいだ
広さがちがうらしい
深さのケタがちがうらしい
そこには陸とちがう別の世界があって
魚や貝がいっぱい棲んどる
畳一畳程のでかい魚もおる
世界の果てから波が寄せとって
底にはコンブとかワカメとか云う

オレらと同じ植物の仲間が
大きな森を作ってるちゅう
つまり見たことない別の世界です
そんな話をきいとるうちに
何だかオレは、ワクワクして来た
そういう世界を見たいって思った
そういう仲間に逢いたいと思った
逢って友だちになりたいと思った
まわりの樹たちにたずねてみましたが
海を見た奴は誰もいません
大体話に誰も関心を持たん
興味持つ奴が一本もいねぇんです

ダメだと思いました！
ああこんなことじゃオレたち樹木は
外の世界から置いていかれる
世間からとり残されて

時代おくれになる
そう考えて沈みこみました
オレはまだ若くて
百歳ぐらいだったかな
まわりの樹がみんなバカに見えて
自分一人が進んでるって思えた
オレは毎日　海の夢を見た
まだ見たこともない　海の夢をです
キラキラ光る海
波の立つ海
魚の泳ぐ海
コンブの繁る海
夕陽の沈む海

海に行こうって決意しました！
海は西にある
有明海って海です

そこへ向かってオレは歩こう
けものたちが歩いたり走ったりする
足に代るもんをうまく使えばいい
樹には足がない
ア。しかし根がある！
足の代わりに根を使えばいいんだ
根っこを使ってだんだん西へ
海に向かって進んで行けばいい
それで　そっちへ根を張り出しました
少しずつです
時間をかけて
少しずつです

そんなことを毎日やっとったんです
コソコソです
誰にも云わず

コソコソです
ところが
バレた！
オレの計画が
他の樹たちにです

ある晩　長老たちに呼びつけられた
呼びつける云うても　みんな動けんから
まわり中から怒鳴られるんです
お前はバカか！
何考えとる！
わしらは動かんから樹なんじゃろが！
動くしんどさを考えてみなさい！
ヒトを見てごらん！
動くと疲れて消耗するよ
お前のやってることは種への反乱だ！
変な前例を作ろうとするな！

ヒトがどんどんバカになったのは
動き廻って色んなものを見過ぎちゃったからよ
海を見て一体どうしようっての！
破門！　お前は樹から破門！

落込みましたよ
さすがに落ちこんだ
だって森中の樹が俺に向かって
バカだバカだって責めたてるンだもン

もう二百年も前の話です
今じゃあ俺も　反省してます
どうしてあんなこと考えたンだろって
若かったからでしょうね
青かったです
動いてみたいなンて

どうしてそんなこと
あの頃思いついて
思いつきに　燃えて
百年近く　毎晩シコシコ
根っこ動かすこと考えてましたからね
西に向かって
海に向かって
有明海に向かって

今じゃあ昔の
ホロ苦い　想い出です
青春ってンですかね
青春の、まァ傷跡です
この根の形が青春の傷跡です
こんな形の根っこ持った樹なんて
滅多にあるもんじゃありませんよね

でもね
時々想うンですよ
若い時分に　そんな変テコな
突拍子もない夢を持った奴って
どっか他にもいたと思うンですよ

ヒトにはいませんか？
歩き廻るのが　しんどくてイヤで
出来れば一ヶ所にじっとしてたいって
樹になりたいって
考えてる奴

いますよね絶対
ヒトは賢いから
それに想像力いっぱいお持ちだから

生物多様性って

申しますしね

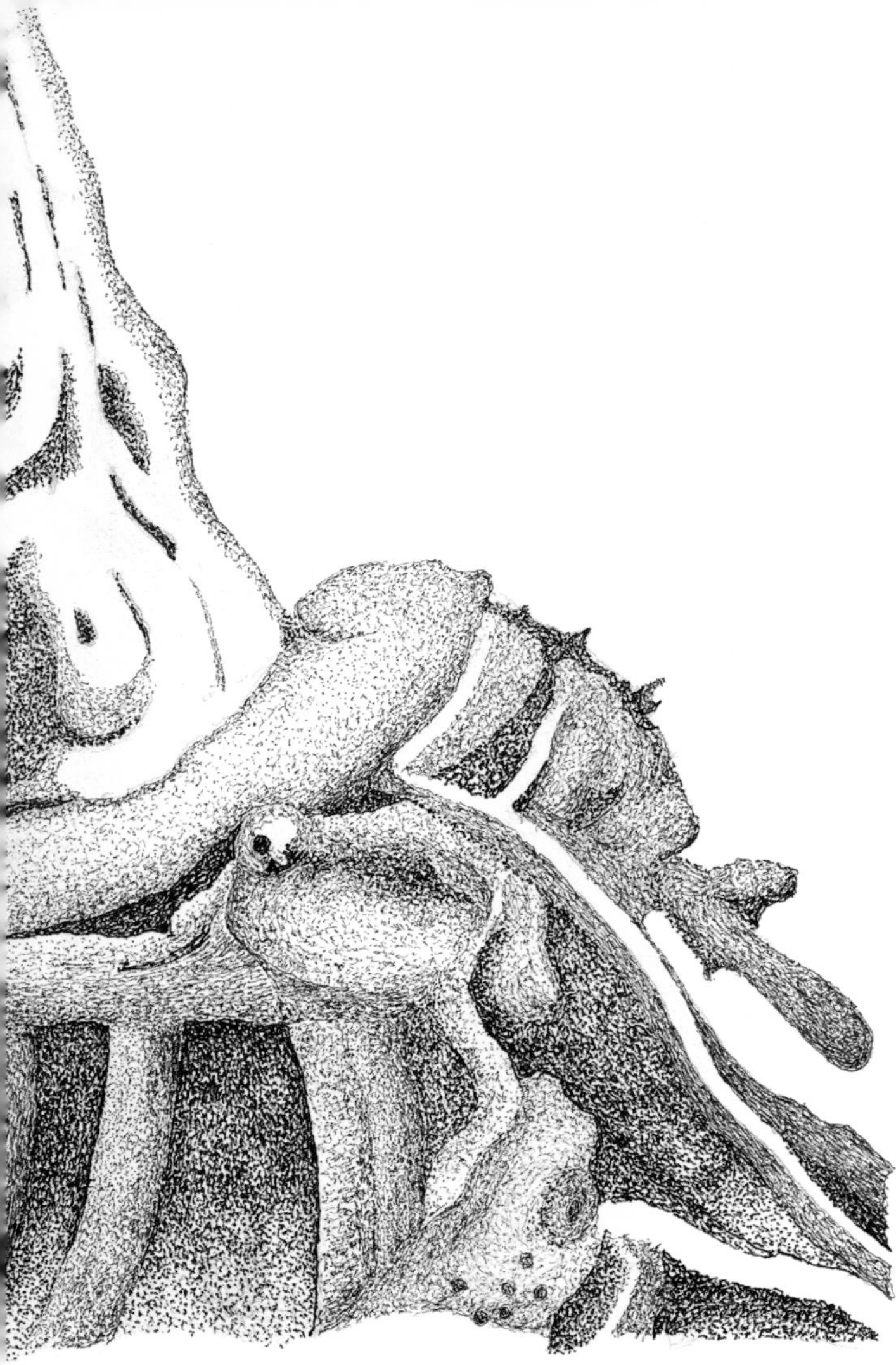

長い年月の間に
土が崩れて根が上ったと
皆の奴は考えている
それは、ちがう！
俺は若い頃
一度でいいから
歩くってことを
してみたかったんだ
海まで歩いて
行きたかったんだ
みんなに叱られて
果たせなかったけど
その時の名残りさ
このヘンな根は

歩こうとした樹
菊池市・村吉のイチイガシ
'20. 5. 15

# 鎮守の森のスダジイ

岡山、真庭の山奥にある一本のスダジイの古木が語った

そんなにわしゃまだ年寄りじゃないよ
せいぜい　六百年ちゅうところか
わしらの根方に　鎮守様が出来て
仲間の木がそれを囲んどったから
鎮守の森って云われとったンだ

村の衆には大事にされたな

谷の岡部
炭焼きの清水
猟師の柿本
機織の吉田
あの人方が　何代もつづけて
鎮守様とわしらの　面倒をみてくれた
毎日鎮守様にお供えを運んでな
それから境内を掃いてくれるのよ
大体仕事を子供に譲って
暇になった年寄りが多かったな
そういう連中は時間があったから
のんびり境内の落ち葉を掃いたり
草をむしったり　おしゃべりしたりするの
何の話？
いや、他愛ねぇ話ばかりだ
誰とかの嫁の　乳《ちち》の出が悪いとか
誰とかの亭主が　女こさえたとか

'20. 7. 15
原風景（鎮守の森）
so

ま、そんな話が連中の生き甲斐だ
それでしばらくすると
村の子供らが遊びに出てくる
親たちにゃみんな仕事があるから
遊んでこいって夫々云われるんだ
すると小さいのでは二ツ、三ツから
学校に出るまでの五歳位までが
境内に集って遊び始める
すると爺婆《じじばば》は脇へ退《しりぞ》いて
にこにこ子供らを見守ってやるんだ
めったなことじゃぁ　口は出さねぇ
小っちゃなケンカは笑って見ている
よっぽど悪さをするガキンコがいると
それはダメだよって注意するがな
注意されたガキは　もうシュンとして
二度とそういう悪さはしねぇ
そういう場所だったンだ鎮守の境内は

色んな子供がキャッキャと遊んで
段々成長して恋なんかして
望み通りに結ばれた者《もん》
望み通りには行かなかった者《もん》
それでも結婚して子供こさえて
一生懸命その子を育てて
そうすると又ぞろ次のをこさえて
そうさな
大体一組の夫婦が
少ないので三、四人
多いのになると七、八人はこさえたか
そういう子供らが乳ばなれすると
みんな境内で遊ぶようになるンだ
面倒見るのは用ずみの老人よ
保育園なんて　そんなもんねぇから
年寄り方が面倒見るんだ

自分の孫も人の孫もねぇ
みんなで面倒見て
しつけもするんだ
子供手当てなんて
そんなもんなかったな

今でも忘れんのは上《かみ》のおりんだな
岡野の家の四人目の孫で
無口だが大人しくてめんこい子じゃった
おでこの広い、手のかからん子で
オデコ、オデコとからかわれちょった
あれは千四百年代のことか
今の教科書でいやぁ十五世紀
室町時代といやぁいいンかな

おりんちゃんには好きな子がおって
これが五介ちゅうとんでもない悪ガキだ

悪さばかりするんでいつも境内で
監視の爺婆から叱られとった
叱られてしょげとる五介の姿が
おりんちゃんにはたまらなかったンだろ
黙ってそばに行って
摘んできた花をソッとやったりしとった

その頃農村では惣村《そうそん》ちゅう名前の組織が出来てな
時々こっそり寄合いを持ち
強い絆で結ばれて
悪い為政者に歯向かうようになった
農民の中から地侍が出て
そういう不満をまとめたもンじゃ
そこで初めて開闢《かいびゃく》以来
土民が蜂起して近江で起こしたのが
正長《しょうちょう》の土一揆よ
それに刺激されて

播磨の国一揆、丹波の一揆
加賀の一向一揆、山城の国一揆
各地で一揆が勃発するが
ここらでも　能義《のぎ》郡の国一揆ちゅうのが起こって
そろそろ成人になりかけとった五介が
いつの間にかその仲間に足をつっこんだ

そのころになるとおりんちゃんの方も
もう近在じゃ有名な美しい娘になって
あっちこっちから嫁の口がかかる
家でもおやじやらおふくろが
早く嫁《い》け早く嫁けとせっつくんじゃが
おりんは赤くなって首ふるばかり

そんなある晩よ！
わしゃ見ちまったのよ！
あの二人がいつのまにか出来とったのをな

月に照らされたわしの根元で
おりんちゃんと五介が
密会しとったんだ！

覗いちゃいかんと思ったンだが
わしもあの頃まだ若かったし
元気な若者と若い娘が
何を話して何をするのか
どうしても一応知っときたくてな

何をしとったかって？
そんなこと云えんよ！

ただ、はっきりとおぼえとるのはな
あの日おりんちゃんのこぼした涙よ
涙の色よ

涙のあったかさよ
それがわしの木の根方に落ちたから
わしゃ急いで思いっ切り
その涙を根っ子で吸い上げてやった

何ともやさしい　いい香りがした
その年わしゃあ　ぐんと育ったな

五介が一揆の首謀者ちゅうことで
役人に捕って首斬られたちゅうことを
風の便りで　後でわしゃきいた
おりんちゃんはしばらく落ち込んどったが
そのうち庄屋のドラ息子んとこに
賑々《にぎにぎ》しく迎えられて
嫁さんになった
それで七人子供を作った
誰も知らんよ

五介のことはな

何年か経って
おりんも婆ぁになり
いつのまにか境内の木陰に坐って
村の子供たちをニコニコ見とったな
昔五介と恋をしたことなど
本人もすっかり忘れた顔してな
だからわしもまァ知らん顔して
その話は誰にも話さなかった

それから五百年
わしも齢くって
いつのまにか　ここらの最年長になって
鎮守の御神木って祭りあげられて
維新のころから注連縄まかれて
みんなに敬われる身分になったがな

野分きのころになると時々フッと
おりんちゃんの顔を想い出すのよ
無口でオデコのおりんちゃんの顔をな

あの頃境内の木洩れ陽の広場にゃ
子供らの声が　いつも響いとった
年寄りが集ってその子供らを
にこにこ見守っとった
あの景色をな

今はのびやかな子供らの声も
年寄りの姿も　もう見かけんよ

大体住む者《もん》が　どんどん街に出て
ここらの村は　限界集落だ
御神木といわれて一時は敬われた

わしのことを想い出す者《もん》も
殆んどおらんしな
御維新《ごいっしん》の頃にまかれた注連縄も
もうボロボロで半分朽ちかけとる
時々巣をつくろうと
スズメバチが偵察にやってくるがな
ここ二、三年
あいつらも近寄らんよ
鎮守の社も　軒が腐って
世話する村人も
誰も　来んしな

# 京都・建仁寺の松

ええ姿どっしゃろ、うち
昔ぁもっときれいどしたんや
東に伸びた枝ぶりがな
そらぁきれいで
自分で云うのもなんやけど
そらぁ惚れぼれする位のもンどした
春になると新芽が一斉に吹いてな
小五郎さんが町人姿で
幾松さん姐さんとよう来てはった

人目を忍んでな
フフ
小五郎さんは変装の名人やった
ある時は帯屋
ある時は出前持ち
一度として同じ姿で来はったことあらへん
言葉づかいも上手に変えはってな
そこの建仁寺の裏門くぐって
半町程上った花見小路の左側
あこに行きつけのお茶屋はんがあったんや
幾松さん姐さんとそこで逢引きや
ほんで夜中にこっそり抜け出して
うちの木陰にこっそり来るわけや
当時はまだ東の太い枝ぶりが
案配よう人目を避けてくれたさかいね
維新政府が出来上ってから
あの枝も邪魔だ云うて伐られてしもたがの

蛤御門のいくさの前までは
長州はんは偉い人気でな
そらそうや
開国か攘夷《じょうい》かいうて
日本中がもうそれこそ大騒ぎしとって
そん中で長州のお侍さんたちは
命を張って祇園の町を
異人から守る云うてがんばっとったんや
それが
当時の幕府がしっかりせんと
会津やら薩摩やらと手ぇ組まはって
新選組たらいう恐い集団が
長州の人たちを追い出しにかかったんや
恐ろしかったどすえ
長州のお侍は目の仇にされて
東山三十六峰寝静まったころ

にわかに起る剣戟《けんげき》の音
あっちでもこっちでも囲まれて斬殺や
祇園町には長州びいきが多かったさかいな
こっそりかくまってやる者も多かったんや
そないな方まで一緒に切られてな
あっちもこっちももうワヤクヤや

御存知やろ
最近祇園町の花見小路に
異国の観光客がドッと増えて
舞妓はんの後追っかけ廻すやら
芸妓さんの着物に触るやら
パパラッチいうんかいな
ひどいのが仰山
イギリスのあんた
何て云うた
ダイアナ妃！

あの人かてそういうのに追われて
殺されたっていうやおまへんか
恐いことどすなァ、ホンマに異人は！
それをあんた政府は
インバウンドとかいうて
歓迎してはるいうんやさかい
うち年寄りにはもう訳が判らん
あの頃の長州のお侍が見たら
この現状をどう思わはるか
ホレ見たことかと云わはるんちがいます？
しかもや！
あの安倍政権
あの方、長州のお方やろ？
小五郎さんらの子孫やろ！
ワヤクヤどすな　今の日本は！

変りましたぇ京都の町は

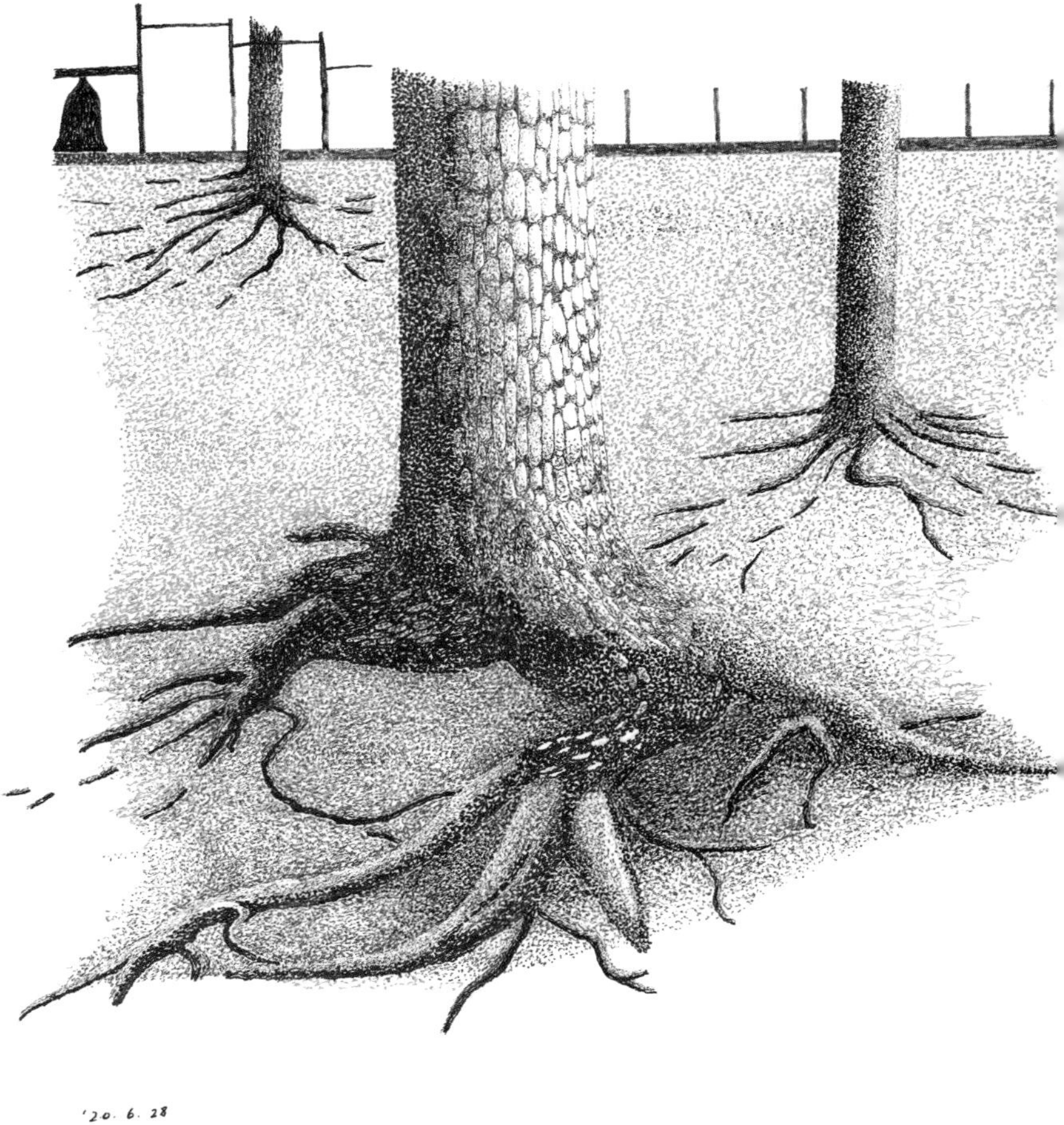

'20. 6. 28

建仁寺境内（京都）

50.

石畳と古いお茶屋はんの並んだ
花見小路は変りまへんけどな
乙部《おつぶ》へ行かはったらバーばっかりや
新橋が最後の砦どっしゃろな
あすこらかてお茶屋はんやら置屋はんが
どんどんお料理屋に代ってはるわ
元々花街は格式が高うて
一見《いちげん》さんはお断りどしたやろ
あの習慣が裏目に出はって
常連のお客が減ってもうたんやわ
一昔前は染物屋はんや織物屋はん
帯屋はんやらそれに役者はん
いっぱい旦那はんがおいでやって
そういう旦那はんが代々お子たちに
お茶屋遊びを引き継いどったから
旦那の絶えることはなかったんどすわ

旦那云うのはな
資格がおますねん
お金があるだけやつとまりまへん
芸が判らんとな
あかしまへんのや

元々日本の文化ちゅうもんはな
旦那はん方が支えて来たもんや
旦那と職人、旦那と芸人
旦那と細工師、旦那と陶芸家
アーチストっちゅうもんはその昔から
お金に縁のあらへんもんと決っとりますやろ
そないな人方の暮しの面倒を
旦那はんが陰で支えてあげるわけや
惜しみのう金を使わはってな
芸を磨きなはれ
人間はどうでもええ

飲む打つ買うは大いにしなはれ
その代り自分の芸だけ磨きなはれ
芸を磨いて一流になりなはれ
そないな太っ腹な旦那はんがおってな
日本の文化は続いてきたんどす

今もいてはりまっせ　お金を使う人は
阿呆みたいにお金まいて
お勘定は会社の経理に廻して
芸妓衆からチヤホヤされて
お大尽気分で御満悦の方がな
せやけどあんなんは
旦那とは云わへん
自分のお金を使うとらんしな
第一、芸が全然判らひんのおす
芸の判らん人は
旦那とは云いまへん

芸妓衆はみんな勉強しとりますがな
昔は女紅場《にょこうば》、今は技芸学校
習字、お茶、お花、踊りに三味線、鼓
朝から昼すぎまでみっちり仕込まれて
夜はお座敷で実地教育どすがな
御師匠云うたら皆はん超一流どすえ
踊りなんかあんた井上流の
井上八千代先生が教えてくれはるしな

そうやって十五、六から仕込まれるわけや
最初は舞妓、襟替えして芸妓
そのうちええ旦那はんに見染められて
籍《ひ》かれるんどす
愛人はんどすな
旦那はんは入籍代の他に
四季折々の着物に帯

都踊りやら何とか踊りの切符の割り当て
勿論家を借らはって
その妓をきちんと暮らさせなあかしまへん
ランニングコストがえらい物入りや
それで別れる段になったら
その妓が最後まで困らんように
東山あたりに旅館を買うてやりますねん
そこまでやってちゃんとした旦那や
えらいことやろう
そういう旦那が昔はごろごろおったんや

何の話しとったかの
あ
うちの話や
うちな、昔はほんまにええ肌しとったンえ
自分で云うのも照れ臭いがな
匂うようなスベスベの肌やったんどす

今はもうシミやら小ジワやら
見るかげもない姿になってしもたがの

京の都に五百年生きて
そりゃ色んなもん見て来ましたわ
鳥羽伏見の戦い、戊辰戦争
ピーヒャラドンドンに
東京奠都《てんと》
わずかな間にええ若い衆が
仰山斬られて亡くなりましたなァ
長州の方たちも新選組も
うちな
一度だけ逢うとるんどすえ
沖田総司はん
ええ男やったわァ
花見小路で斬り合いがあって
長州の若い衆が何人か斬られて

その夜のことどす
総司はんが一人で夜中にふらっと
この建仁寺の境内に見えたンどす
体かくすようにうちの肌にもたれて
それから
急に血ィ吐かれたンどす
うちもうびっくりして！
誰か呼ぼうにも声持ちまへんさかい
黙って総司はんの蒼い顔見てました

何分位じっとしてはったやろ
ゆっくりうちから体はなして
手拭いとらはってうちの幹についた
血の跡を丁寧に拭ってくれはって

それからなんにもなかったように
縄手の方に歩いて消えはった

忘れられまへん
あの後姿

うちな
ほんま云うと勤皇派なんどす
慶応四年の七月に
江戸が東京と名前を変え
天皇はんがそっちに移られた
そやけどなあ
移られたんは一刻《いっとき》のことで
すぐ又戻って下さるんやろと
ずっと心待ちにしとるんどす
今もどすえ

明治から大正
大正から昭和

昭和から平成
平成から令和
平成の天皇様が上皇様になられて
今度こそは、と期待しとったんどすけど
そないな気配もあらしまへんねえ
でも上皇様は心ん中じゃあ
京都の御所にお戻りになられるのを
毎晩夢みてはるんとちがうかなァ

そしたらうちら京都の老木は
御所に向こうておつむを垂れて
〝永いことどした〟
とお迎えするのンになぁ

# てっぺんの樹

わしの体のこのひん曲り具合な
根性曲りという奴もおりゃあ
珍しがって触るもんもおる
気持悪がって病気じゃいう者もおるし
中は腐っとろうと叩く者もおる

みんな当っとらん
わしは生きとる
わしは正常で精気にあふれとる

精気があり余ってわしゃひん曲ったンだ

東の一番下の枝のことから話そう
今は直径六十センチもあるが
最初はほんの十五センチ位だった

その頃東側に
何とも色っぽい
すずかけの太い木があったのよ
肌はすべすべで、良い匂いがして
何というか
年増のお姐さんだったたな
で、それに惹かれた
そいで枝先はそっちへ伸びた
何とかお姐さんにくっつこうとしたんだ
ところがある日　大風《おおかぜ》の日に
わしの枝先が大きくしなって

すずかけさんの裏側を見ちまった

見なきゃ良かった
すずかけの姐さんの幹の裏側は
何と、真黒な汚点《しみ》だらけだったンだ！

百年の恋がいちどきに醒めたナ
丁度そのころわし百歳ぐらいだった
こんなことしとったらいかんと反省した
大風のおかげで　目が醒めたンだ
もっと広く世の中を見にゃあと思った
それで枝先を東の方角から
まっすぐ上へと切り換えた
な
急にわし天に向かっとるじゃろ？
少しずつ天に向かっていったら
今までとちがう世界が見えた

まわりにわしより高い枝があった
そいつらがわしより偉く見えた
それで突然、競争心ちゅうもんが出た
あいつらより伸びよう　上に行こう！
上に行ったら何があるか知らんが
とにかく負けん気がムラムラと湧いた
そいでがんばった
歯をくいしばってな
歯だよ、葉じゃない
わしにもあるンだ、くいしばる歯が
何が
うるさい！
とにかく必死にがんばったンだ
そうして三番目の高さになった
それからそいつも抜き、二番目になった
三番目の高い枝をジョームというんだ
二番目になったらセンムと呼ばれる

この頃になると陽の当りが変って
毎日燦々《さんさん》と日光が浴びられる
何とも気持良い！
だがもひとつ上にまだ高いのがいる
シャチョウと呼ばれる枝だ
こいつが偉そうにわしを見下ろす
見下してイチャイチャ意見云うンだ
先輩ぶってな
何クソと思った
そいでこいつを追抜こうと思った
表面ヘラヘラと下手《したて》に出ながらな

あれは今から三百年程前か
大風が吹いた日だ
シャチョウが折れた
途中からボキリとな
失脚したンだ！

うれしかったぞ
ザマ見ろと思った
それでこのわしがシャチョウになったンだ
一番高い枝よ
この森の中の出世頭よ！
日光も風も、ひとり占めよ
気持良い気持良い！
悦に入《い》っとった

ところが突然声をかけられたンだ
わしより更に上の方からな
やァいらっしゃい、がんばりましたね
天空クラブへ、御入会、ようこそ

見廻したら大杉とトチノキだ！
そいつらわしより高くて太いンだ
新参者です。どうぞよしなに

てっぺんの木

腹立つことにわしそいつらに
なんとも卑屈に挨拶してたヨ

巨木連のことは耳にしてたンだ
三百年を超える巨大な樹だけが
入会できるクラブの話をな
つまりこのあたりの古参木の親睦団体だ
うるさいジジイがいっぱい入ってて
新参者をイビるクラブだ
相当御苦労なさいましたな
トチノキがわしの根方を見て云いおった
このひん曲った、ひねくれた根方をな
恥じることなんてありませんよ
ア、わしが恥じてること見抜いてやがる
私なんて上は蒼々と茂ってますがな
根方は殆んどもう空洞ですよ
ヘェ

大杉さんは白アリにやられて
この前樹医サンのお世話になったし
あっちのオオタブはもう左半分認知症です
ヘェ
あなた、お齢は
三百五十年です
これからだなァ！　ま、お元気で
ハ
——
わしはトチノキが一寸好きになった

あれから百二十年が経過する
トチノキは衰え
大杉は伐られた
わしはこの界隈一の大樹となった
シャチョウの座はとうに後進にゆずり

まわりの樹たちからは、カイチョウと呼ばれてる
天空クラブの会長って意味だ
だがな

最近、沁々《しみじみ》と思うよ

てっぺんに立とう
一番高くなって他の木を見下ろそう
あの欲望は何だったのかな
あの頃わしはてっぺんに立つことを
そのことだけを考えとったよ
どうしてあの頃そんなことに
全ての情熱をそそいどったんかな
太陽の光を一人占めにして
瑞々《みずみず》しい葉の色をあたりに誇って
得意になって君臨すること
それしか頭になかったンだな

てっぺんに立ってみな
ろくなことないから
風当りは強くなる
足はひっぱられる
下の枝はわしにお世辞云いながら
わしの折れるのを
虎視眈々と待ちかまえてる
年中必死にふんばってなくちゃならん
おかげであちこちに要らん筋肉がついて
わしの体は今やコブだらけ
どんどん醜い老木になっとる
寄生木《やどりぎ》はくっつくし
苔ははりつくし
昔の美しさも今は幻よ

あんた　いくつだ

六十七か
会社での地位は？
専務か　そうか

もうじき社長だな
てっぺんに立てるな
うれしそうだな
まァ今のうちだ

てっぺんに立ってみな
ろくなことないから

# 磐田駅前クスノキは語る
# 人の時間と自然の時間

ＪＲ磐田の駅前にある樹齢七百年
クスノキの古木が僕に語った

風の便りという言葉があるじゃろ
あれは実際にある話なんだ
わしは七百年ここに立っとるが
世間のニュースは殆んど聞いたな
大きなニュースも
小さなニュースもな

風が　何となく運んでくるのよ
風だけでもないな
匂いもニュースを運んでくるよ
音も時々運んできてくれるな

アフリカの先住民は
ブッシュホーンといって
はるか何百マイルの彼方の出来事を
その日のうちに知る　というがな
あれと恐らく　似とるんだろうな

風の便り　とわしらが思うのはな
大風の日には　ニュースがすぐ届き
風のない日には届かんからだ
日本はいわゆる偏西風というのか
大体西風がゆったり吹いとるから
西のニュースは割りとすぐ伝わる

それに比べて北のニュースは
冬の北風が吹き始めるまでは
仲々耳に入ってこねぇの
だから東北とか北海道のニュースは
入ってくるのが　かなり遅れる

風のない日が何日も続いて
その後いきなり台風なんぞ来ると
西に溜ってた色んなニュースが
一時《いちどき》にドッと流れこんでくるから
吸収するのにそりゃ大変だ
知識欲の強い葉はワヤコヤになっちまって
いきなり新知識で重くなるから
支えきれんでどんどん落ちてゆく
あんた方大風が葉を吹きとばすと
そんな風に単純に思っとるだろうが
そりゃ一寸ちがうンだ

落ちる葉っぱと　落ちん葉がある
落ちる葉っぱは知識欲の強い葉
落ちん葉っぱは知識欲のない葉だ
インテリ系の葉っぱと
そうでないのがおるのよ

西の便りはわりとすぐ届くが
北の便りは仲々届かん
だから東日本大震災とか
原発のニュースは
かなり後になって漸《ようや》く届いたな
それに比べて明治維新のニュースなんぞは
アッという間に　わしら知ったんだ
何しろ殆んど西で起こったから
西のニュースの伝わるのは速い
新選組の京都での活躍
寺田屋事件から池田屋騒動

蛤御門の変から錦の御旗
ピーヒャラドンドンドンちゅう
あの官軍の鼓笛隊の音など
昨日のことのように
まだ　覚えとるよ

維新もあそこで大政奉還となったが
それまでの何年かが大変だったたな
幕府派と討幕派が入り乱れてな
ずい分いっぱい血が流れたもんだ
何しろあの頃は　サムライちゅうのがおってさ
連中は刃物を携《たずさ》えとったからな
口論になるとすぐに喧嘩さ
喧嘩といっても殴り合いじゃない
刃物を抜いて斬り合いだ
その度に死人が出るわけさ
今みたいに警察がしっかりしとらんからな

あっちでもこっちでもすぐ斬り合いよ
一人斬られるとその親族が
仇討ちいうて仕返しに出るからな
まぁ際限なく死人が出るわけだ

本当に簡単に殺し合いをやるんだ
そのうち町人まで血の気の多い奴の中には
刃物を持って喧嘩するのが出た
徒世人とか　やくざとか云うてな
この界隈にもそういうのがおったよ
有名なのは　清水の次郎長だ
あれはここからそんなに遠くない
清水湊が本拠地でな
その盃をもらっとった森の石松
こいつなんかこのすぐ先の在の出じゃ
腕っぷしは強いが
人間はバカでな

しかし愛嬌があるもんだから
近所の人たちから可愛がられとった
ただ　物忘れのひどい奴でな
おまけにひどいせっかちだったから
早合点してすぐ飛び出すんだが
何故とび出したかも忘れちまうんじゃ
わしの根方で立ち止ってな
とび出した理由を想い出そうとして
どこへ行くのかも思い出さんから
只呆然とつっ立っておるんよ
それからしばらくして
わしにきくんじゃ
おいら　どこへ行くとこだったンだ？
知らんよそんなこと
知るわけがない
黙ってみとると
しばらくしょんぼりして

それから家に帰って行くわけ
おっかぁにきいたら判るかもしれん、て
大変だ全く　あすこのおっかぁも
ありゃもう生れつきの認知症だな

とにかくあの頃は大変だったよ
浦賀の沖に黒船がやってきて
図体のでかい異国の奴らが
いきなり幕府の役人に向かって
鎖国なんか止めろ
港を開け！
いきなりドカンと大砲をぶっ放したから
刀で向かったってかないっこねぇ
役人共みんな蒼くなっちまって
そうすると若い無鉄砲な奴らが
ふざけちゃいけねぇ

異人なんか追い返せ
斬っちまえ斬っちまえ
刀で斬っちまえ!!
石松もやっと思い出すわけだ
そうだ！　異人を斬りに行くんだ！
更めて浦賀に走り出したのはいいが
そん時黒船から撃たれた大砲が
ズドーンと物凄い音たてたから
クルッと向き変えて逃げてきちまった
とにかく日本中　天地がひっくり返る大さわぎよ

幕府は大あわてで交渉しようとするが
何しろ英語をしゃべれる奴がいねぇ
「○×△#ドントドント!!」
「ドント!?」
「α××サムワンスピークイングリッシュ」
「サムワン!?」

「スピークイングリッシュ!!」
「スピーク、何でござる!」
話が一向ラチがあかない
そのうち世の中が二つに割れてきた
勤皇と佐幕、開国か攘夷かだ
攘夷侍っちゅう勇ましいのが
京の町中で暴れ出した
その連中を新選組が
追っかけ廻してあちこちで斬る
そのうち長州を中心とする
威勢良いのと幕府軍が
京都で衝突して大騒ぎになってさ
どういうわけか長州の側が
薩摩や土佐と一緒になって
天皇を味方にして官軍を名乗って
幕府の側が賊軍になっちゃった
さぁそうなったらピーヒャラドンドンドンドン

官軍が一挙に優勢になって
江戸まで攻めこんで逆転勝利
大政奉還・開国となったわけだ
その何ヶ月は興奮したぞ
つい最近のラグビーワールドカップ
日本がベスト8にくいこんだ時のあの騒ぎ
上を下へとあれ以上のさわぎさ
わしら樹木にも二派《ふた》あってな
官軍側を応援する奴と
幕府の側に肩入れするのと
みんなニュースを知りたがるもんだから
まァ落葉の増えること増えること
関ケ原の戦い以来の騒ぎだったな

そいでまァとにかく明治の御一新だ
ようやく世の中が落ち着いたはいいが
それからがわしらは大変だった

文明開化って奴が入ってきてさ
世の中　いきなり変っちまったンだ

汽車ポッポってもんが外国から入ってな
これが世の中をひっくり返した
時計の進み方がどんどん変ったンだ！
何しろそれまで何日もかかってた
江戸と京都がぐんと近くなった
大体このあたりからだと思うな
人の時計と自然の時計に
どんどん狂いが生じてきたのは
人の時計と自然の時計
人の時間と自然の時間
進む速度がどんどん変ってきたよ
わしら自然の過しとる時間は
昔も今も全く変らんのに
人の住んどる世界の時間だけが

勝手にどんどん速くなるんだ
それも毎日
更にどんどん　な

汽車ポッポのスピードがまた
何故かどんどん速くなって
町並みも駅舎もアッという間に変った
寺の境内に立っていたわしは
幸か不幸か伐られんですんだが
わしのまわりに立っていた樹たちは
いつのまにか全部伐られてしもた
仲間が森を作っていた場所が
全部サラ地になり
新しいハイカラな駅舎が立った
森だった場所が
町になってしもた
今や残る木は　わし一本よ

人間世界のテレビの中では
ポツンと一軒家ちゅうのが
受けとるらしいが
わしの姿は　ポツンと一本木だ
淋しいもんよ
淋しくて　かなわん

思えば　開国がまちがっとったンだな
鎖国のままじゃったら
こうはならなかったろう

人間の時間と自然の時間
刻むスピードがどんどん変ってくる

悲しい話じゃな
悲しくて　淋しい
うん

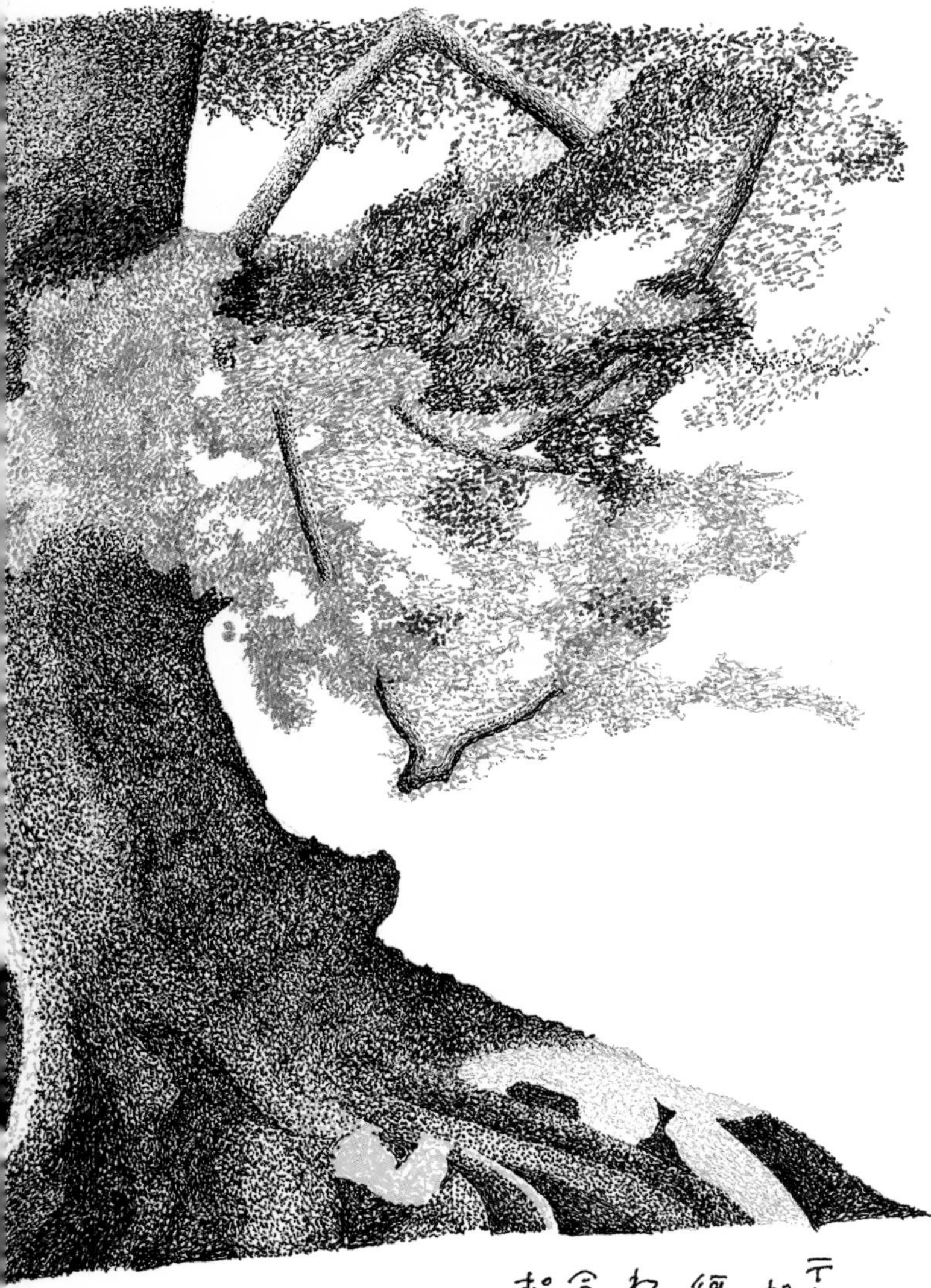

テレビでは
ポツンと一軒家ってのが
何だか評判になってるそうだが
わしはコンクリートの街の中で
今や
ポツンと一本木ですわ

'19.7.10
磐田.駅前の巨木（クスノキ）

So

# 夜泣きの椎《しい》

夜泣きの椎と、わしゃ呼ばれとる
夜中にどうもわしゃ泣くらしい
自分じゃ気づかん
だが本当にどうも泣いとるらしい
まわりの若い木がそう云うて笑うんじゃ
木が泣いておかしいか
そう云うとみんな　しんと黙るがの
何故泣くか？
そりゃお前、口惜しくて涙が出るんじゃ

何か口惜しいか？
この三宅島がいつのまにか
東京都の一部にされとることがよ
千年近くわしゃこの島に生きとるが
いつの時代も　離れ小島扱いされて
時には　鬼が棲むなんて蔑《さげす》まれて
流人の島なんて呼ばれたこともある
鳥も通わん流人の島なんてな
江戸時代から明治の初期まで
罪を犯すとこの島へ流された
何しろ昔は江戸からこの島まで
舟で三ヶ月はかかったからな
これまで　そうさな
千三百人は流されたんじゃあるまいか
生類憐みの令に違反した
絵師の英一蝶《はなぶさいっちょう》先生
博奕打ちの侠客　小金井小次郎さん

尊王論者で幕府にさからった
国学者の竹内式部《たけのうちしきぶ》先生
勤皇思想の宗教家　井上正鐵《いのうえまさかね》先生
それにホレ、絵島生島事件で有名な
歌舞伎役者の生島新五郎さん
みんな良い人ばかりじゃったが
この島で気の毒に一生を終えた

火山島なんだこの島は
わしが生まれてからも
もう十三、四回は爆発したか
ことに最近では平成十二年の雄山の爆発が
物凄かったな
おかげで　島の半分近い森がやられた
スダジイ　タブノキ　ヤブニッケイ
オオシマザクラに　サクノキ　スギ
御先祖や先輩の木が　ずいぶん燃えた

'20. 6. 22.
御焼の黄泉の椎
（三宅島）

まぁ仕方ないよ
神様のなさることじゃ
きっと又新しい芽が生えて
新しい森が生まれるんじゃろ
百年、五百年、千年もたてばな
楽しみなことじゃ
それまで生きとりゃな

それより心配しとることがある
海の温度じゃ
ここ数十年で二度は上がったぞ
熱くなったンだあんた二度もな
二度というたら大事件だぞ
あんた平熱はどのぐらいだ
三十六度五分？
その平熱が二度上ったら、三十八度五分だぞオイ！

三十八度五分になったらもう病気じゃろ！
大騒ぎせんか!?
地球の海はもう病気なのよ
この島のまわりを黒潮が流れとる
だから世界の海の情報はすぐ入る
フィリピンあたりの海からずっと
そういう高温の海になっとる
こんなこたァこれまで一度もなかった
東京の学者や政治家は
地球温暖化などとのんびり云うとるが
阿呆《アホ》とちがうか！
温暖云うたら暖かくて快適なことを云うんだ！
何が快適だ！
これは高温化じゃ！
地球の海は高温化しとるんじゃ
言葉の使い方をもうまちがえとる！

海が熱いから　水蒸気が上る
それが集って大雨を降らす
このところの日本の天候を見てみい
大雨と嵐と洪水の大安売りだ！
年がら年中どっかでさわいどる
海の温度の上ったせいよ！

この島の森に、樹雨《きさめ》の椎というスダジイがある
樹に降った雨を根方に溜めて
天気になるとそれを蒸発させ
雲を作って雨を降らすんだ
その雨はその木をうるおして育てる
見上げたもんだと思わんかあんた
これが自然の循環ちゅうもんだ
この島にはそういう
見上げたもんもおるんだ

それに比べて　東京ちゅう都会
室内が暑いからとクーラーをつける
クーラーは室内の熱い空気を
戸外に放出して外の空気をあっためる
その分まわりが暑くなるから
もっと強烈なクーラーをつける
あっちでもこっちでもそれをやるから
イタチゴッコでどんどん暑くなる
すると学者が頭をしぼって
もっとよく効くクーラーを作る
するとみんながそれにとびつくから
家電メーカーはどんどん儲かる
財界は経済が上向きになったと
みんなホクホク悦に入っとる
それが知らん間に空気を汚し
海の温度を上げとることに
気づいとるのか、とらんのか

それが都会の循環だ
自然の循環とは全くちがうじゃろ

都会ちゅうのは　そういうもんだ
東京はその　代表的都だ
その東京の一部にされとるンじゃわしら
わしが夜泣きする理由《わけ》が判ったか

昔罪人の流刑地だったこの島は
中央の江戸からさげすまれながら
自然と共にしこしこ生きてきた
火山の爆発が何度あっても
黙ってそれに耐え
自分の力で蘇生した
そうやって今までやってきた
それがいつのまにか東京都にくり入れられ

東京と一緒に扱われることが
わしには何とも悔しくて悲しい
ここで生まれて育ったシイノキ
タブノキ、サクノキ、ヤブニッケイが
東京の夜の街を浮わついて歩く
ああいう人種と十把ひとからげに
東京もんと思われるのがたまらん！

だからわしゃ夜中に
ソッと泣くのよ

## 世田谷九《く》品《ほん》仏《ぶつ》カヤノキのぼやき

サンズイ

東京世田谷、九品仏のカヤノキが
こんな話を僕にしてくれた

今度の台風十九号での水害
あれは役所が悪いのよ
明治二十二年の町村制施行
あの法律で古い地名が
町の各所から消えてしもうた
元々サンズイのついてた地名が

地図の上から消えてしもうた
そして何丁目何番地といった
記号のような町名に変った
明治二十二年の場合だけじゃない
全国で流行った市町村合併
あれでも地名が簡単に変った
昔呼ばれていた古い地名が
思いつきの地名にとって代られた
そして以前あったサンズイの地名が
別の呼び名で呼ばれるようになった
誰がつけたのか　意味のない名にな

サンズイの名前には意味があるんじゃ
その土地は、水に関係があった　とな
昔沼地だった場所
水田だった場所
川を改修して埋めたてた場所

洪水になると水の出た場所
沼田、河尻、清水、海原
浜岡、湖南、津川、波岡
昔は地名でそれが判ったから
人はそういう場に住むことを避けた
ところが町名がどんどん変り
昔どういう呼ばれ方をしとったか
そんなことを考えん新しい他所者《よそもの》が
便が良いとか　景色がいいとか
そんなことしか頭にない他所者が
判っているのか　判っていないのか
金しか頭にない不動産屋にすすめられて
そういう土地に　ホイホイ住み始める
昔は危くて住まなかった場所にな

そもそも景色の良い場所というのはな
そう簡単には住んじゃいかん場所だ

世界自然遺産と人々は云うが
ああいう土地は災害の跡地じゃ
地殻変動や地震の跡が
自然遺産という景勝地になるのよ
だから　たまに景色を見に来るのは良いが
住むのにゃ適《てき》さん
地震が起きたり　津波が来たり
余程の物好きか　金持ちの別荘か
大胆な馬鹿しか　そんなとこにゃ住まんよ
水の出るところや　川のきわなども
同じ意味で　住むべきところじゃない
だから昔の人方は
そういう土地にサンズイの地名をつけ
他所《よそ》から来た人にも判るようにしたンだ

アイヌなんかはもっと徹底してたな
アイヌ語の川には　二つの言葉がある

ベツ　と　ナイ　だ
ベツは雨が降ると暴れる川
ナイは決して暴れん川だ
だから　ナイのつく土地には住んでもいいが
ベツのつく土地は気をつけろってことよ
士別、幌別、陸別、幕別
こういう土地は要注意の土地
稚内《わっかない》、黒松内《くろまつない》、歌志《うたし》内《ない》、岩内《いわない》
こういう土地は安全な土地だ
昔はこんな風に土地の名前で
安全か危険かすぐ判ったンだ
今度水の出た多摩川のまわり
あすこらも昔は地名で判ったンだ
泉沢寺とか上沼部、下沼部、溝口《みぞのぐち》
千《ち》ヶ瀬《せ》村とか河辺《かべ》村とか
調布界隈では上長淵、下長淵
そういう地名がいっぱいあったのに

'20. 7. 19

カヤノキ

九品仏

（樹令700年）

町村合併でそういう名を消した
その元の名を知らん人方に
不動産屋が勝手に売るから
わしら老木は　ハラハラ見とったよ
そしたら案の定　今回の大水だ
そういう土地は　水にやられた
水にやられても仕方ない土地なんだ
元々沼や湧き水のあった場所
或いは湿地を埋めたてた土地とかな
だから昔の地名を知るもんは
恐ろしくってそんな土地にゃ棲まんよ

大体、国のやることはめちゃくちゃだな
昔農地だったもんを
簡単に宅地に変えてしまう
農作物はそもそも肥沃な地を好むから
洪水の跡地なんか最高なのよ

上流の栄養が流れてくるからな
それが最近は
農家の跡つぎがおらんとか
相続税を払えんとかで
すぐに農地まで売ってしまう
すると不動産屋がすぐに目をつける
住んじゃいかん土地まで
平気で買い取って宅地として高く売る
そういう人方は　昔その土地を何と云ったか
そんなことには興味を持たんよ
売れりゃあいいンだ
銭になりゃあな
昔の名を変えたのが第一のまちがいだ

もうひとつでかいのは
森を伐ったことだ
森を伐りゃ土地の保水力がなくなる

それも勿論ある
環境運動家がよく云うことだ
勿論それもある
だが　もうひとつ

見境いなしに木を伐っちまうから
そこに何の木が生えていたのか
それが判らなくなっちまったことだ

水辺を好む樹の種類がある
ヤナギ類、ハンノキ類、ヤチダモ、ハルニレ
オニグルミ、オヒョウ、カツラの木
こういう木たちは
日本の河畔林の代表選手だ
しかしヤナギでも　場所によって違うぞ
北海道なら　エゾノキヌヤナギ
東北地方なら　シロヤナギ

関東より南なら　ジャヤナギ　アカメヤナギ
同じヤナギでも　場所によって違う

ハンノキも水辺が大好きじゃ
ハンノキは幹に呼吸が出来る気孔があって
根がある程度水没しても
腐らんように　そこから呼吸する
岩手の方じゃ　ハンノキのことを
ヤチバと呼んでいる地方もあるよ
谷地葉の訛《なま》ったもンじゃろうな
谷地とは元々湿地のことだ
つまりハンノキは
水気の多い土地に育つんだ

それから関東では　クルミも水が好きだ
オニグルミにサワグルミ
しかし　日本全国何といっても

水を好む代表は　ヤナギだな
北海道で見ると
下流域から上流域まで
河畔林の王様は　まずヤナギだ
それから扇状地にはハルニレの森
湿地に出るのが　ハンノキやヤチダモ

こういう木たちが水を好むのよ
だからこういう木のあるところは
水が出ることを考えにゃぁいかん
しかし今時　木を伐る奴らは
それが何の木だなんて考えもせん
家を建てるのに邪魔になるとか
材木にすりゃあいくらに売れるとか
そんなことばかり考えて伐るから
その土地に昔何の木が生えとったかなんて
憶えとるもんは殆んどおらんのよ

だからその土地が元々どんな地か
水の多い地か
そうでない地か
人はそんなこと関心持たんのさ
関心持たんで簡単に伐りよる
木の生立ちも何も考えんでな

人間はアホじゃな
わしら樹のことを　も少し深く
大事に考えて　知ってくれたら
水の出る土地に宅地を作るなんて
そんな危いこと　せんで済んだのにな

# 木肌

美事なもんでございましょ
東南に張ってるわたしの最初の枝
家光様の御時世にゃもう
い、い、い、
さしわたし五尺はございましたよハイ
その頃は木肌もスベスベで
自分で云うのもなンなンですが
近在の方たちが人目を盗んで
みえたもんでございますよ男も女も
何しに？

決ってるでしょう！
撫でに来るんですよ
触りにみえるんです
　古《いにしえ》から人様は
触るってことがお好きでねぇ
近在のオクサンも　庄屋の番頭も
でもあれ人の世界では
他人に見られたくないものらしいンです
何故なんでしょうねぇ
何か　罪悪感が伴うんですかねぇ
何気ない風を粧《よそお》ってきて
さり気なくあたりを見廻して
誰も見てないことが判ると
そっと掌でわたしを撫でるンです
それで大きく溜息ついたりして

何で溜息つくんですかねぇ

そんなにわたしの肌のスベスベが
あの時代の方には刺激的だったンですかね

そりゃ撫でられるのは
良いもンでござんしたよ
すべすべの手もありゃ
ザラザラの手もあって
告白しますと農家の若い衆の
ゴツゴツした手の感触が
わたしの趣味でした
何て云うんでしょう
あの　ゴツゴツでザラザラの
労働で荒れ果てた掌の感触が
何て云うんでしょう
ゾクッて来ました

忘れられない掌がございます

あの頃何て仰云《おつしや》いましたか
あの方の触り方は独特でございました
中指一本でわたしの肌を
スウッともう軽く軽く
羽毛で触れるように
お撫でになるんです
そうするともうア！　って思わず声が出そうに
魔法にかかったような触り方で

その方、当時まだお若くて
神田白壁町《しらかべちよう》にお住いでしたが
その後、鈴木春信って名前で
有名な浮世絵師になられたそうです

とにかく当時のわたしの主枝ときたら
太くて　スベスベで人気でございました
その肌が突然異変を起こしたのは

天明の飢饉の年でございます
そりゃもうひどい年でございました
今で云ったら　異常気象
台風は来るわ　地震はおこるわ
それが何年も続きましてね
餓死する人がいっぱい出ました
その年でございますよ
わたしの木肌にブツブツが出始めたのは
スベスベだった肌がアッて間に変貌
それどころか木の芯に異常が出まして
西北の枝と西南西の枝が
アッという間に腐って折れました
体全体が熱くなったり急に冷えたり
今にして思えば
栄養失調って奴だったンでしょうか
どこからか苔やら地衣類って奴が
弱ったわたしに襲いかかりまして

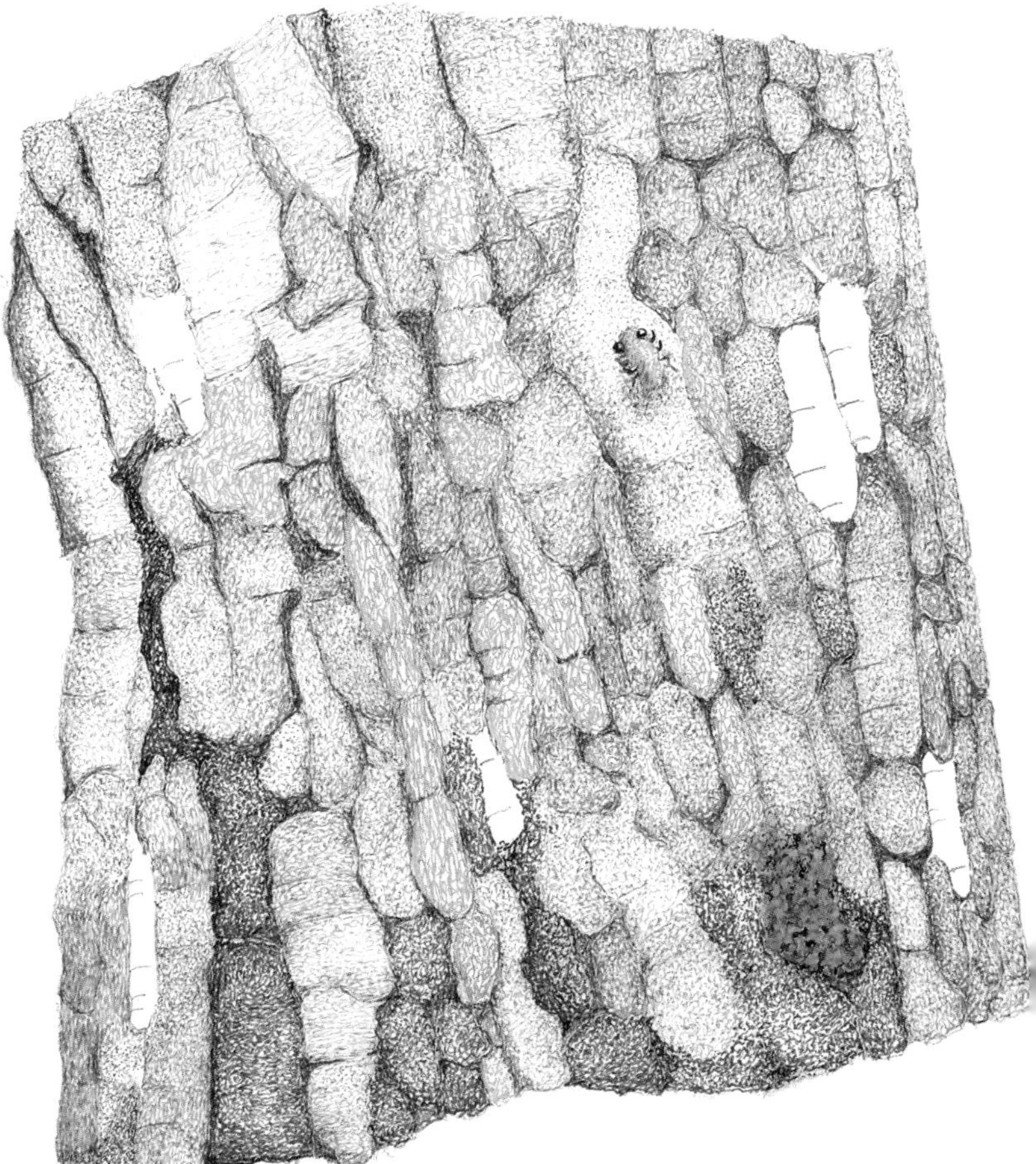

'20. 12. 5
木肌は木の履歴書
Su.

わたしゃ大切な東南の主枝だけは
折れちゃいけないと
必死にがんばりました
台風が来る度　上腕二頭筋が
おかげでどんどん発達してきて
それがコブになり
そのコブが二個になり　三個になり
ごらんの通り　今やこのザマです
スベスベしたあの姿は
見る影もありません

維新のころから肉がつき出し
腿といえばいいのか　二の腕というべきか
枝の太さは　今や六尺です
近くに出来たボディビルジムの
若い奴らが手を合わせに来ます
わたしに祈ると　筋肉がつくとかで

世の変遷に　溜息が出ます
毎日下を通る女学生たちの
光り輝くスベスベの肌を見ると
昔の自分をふと思い出しますが
そういう時は考えるようにしてます
なぁにあんた方も
時間の問題さ
もうじき肌に　ブツブツが現われ
ブツブツはすぐにゴツゴツに変り
苔やら地衣やら　色んなシミが
お前らの肌を覆いつくすだろう
肌はカサカサになり
亀裂が走り
蟻がその間を列つくって通る
もうじき　そうなるさ

まァ　待ってなさい！

イヤな性格になっちまいました
こんなイヤミばかり云うようになって
でも
この主枝
立派でございましょう？
これがわたしの誇りでございます
実を云いますとね
地べたにかくれておりますが
わたしを支えている地中の根
根っこ！
これが本当はもっと立派でございます
お見せしたいのは山々ですが
根を見せるのは禁じられております
わたしが世に生まれた源平の時代

あの頃からの古いしきたりです
木も　そして人も
そうしたことは　はしたない　とされて
見せてはならぬと
禁じられておりました

ポルノなんてものの
なかった時代の話でございます
ハイ

# 福島の桜

いやな臭いだな
昔ぁおよそ嗅《か》いだことのない臭いよ
二つ先の谷にゴミ捨て場が出来てな
どえらい量のゴミの山が
毎日トラックで運びこまれるの
そこから湧く臭いが
どういうたらいいんだ
金属とゴムと
物の腐った臭いと

百年前には嗅いだこともない臭いが
谷を渡って流れてくるんだ
それが毎日　少しずつ増える
峠の松は
こらえきれんと悲鳴をあげとった

元々森はいやな臭いを
少しずつ吸いとって浄《きよ》めるもンだ
しかしあそこに運ばれるゴミの量は
いくら何でも多すぎる
しかも一説ではあの谷のゴミは
不法投棄といわれるもンで
役場の目を盗んで捨てられるものらしい
いや
峠のカヤの木の説によれば
役場は知っとって
見て見ぬふりをしてるちゅうことだ

この国にゃそれぐらい
毎日出るゴミの量が
どんどん増えとるちゅうことらしい

百年前にはこんなことはなかったよ
町にちっとでもゴミが出ると
ゴミ拾いちゅう職のもんがおって
ゴミを漁っちゃ拾い集めたンだ
拾って売ってそれを僅かな金にした
食えるもんは鶏や豚の餌に
板きれは銭湯の燃料の足しに
陶器のかけらは道の敷石に
落葉や雑草は畑の肥料《こやし》に

何でも拾って金に代えたから
町にゴミなんぞ全くなかった

きれいなもんだったよ日本の町は
それがいつのまにかゴミだらけになったのは
ゴミを拾うもん欲しがるもんが
だんだん消えてしもうたからか
それとも埋めるにも燃してしまうにも
間に合わん量のゴミが出るからか

そもそも火をつけてもよう燃えん
埋めても土に還っていかん
そういう新《あら》手の物質を
人間がどんどん作り出したからじゃろな

金属、ビニール、プラスチック
科学たらいうもんが便利の為に
どんどん産み出すそういう製品が
新種のゴミを作り出すんじゃ
森の樹たちはみんな云うとるよ

そういうゴミは土を作らん
植物の命を支えてくれる
大地の力をどんどん弱めとる

大体人間はおかしくなっとるな
そもそも命が何から生まれるか
そこんところを全然考えんで
金になるとなりゃ何でも発明する
金を稼いで豊かになったと
阿呆みたいに浮かれて
騒ぎまくっとるんだ

消化せんもんを喰う奴がおるか？
そういう人間はまずおらんだろう
変なもん喰うたら腹痛《はらい》た起こすからな
ところが近頃人間が土に

樹の栄養たる大事な土に
混ぜこんでくれるのは
そういうもんばかりだ
針金、鉄筋、崩れたコンクリート
怪し気な臭いのする化学物質
そんなもんいくら与えられたって
土には還らんよ
栄養になぞなるもんか

本来わしら毎年秋に
枯れた葉っぱを地上に落とし
その葉がたまって水を吸いこみ
それをミミズや微生物が
時間をかけてコツコツ喰って
少しずつ少しずつ出したウンコが
たまりたまって土を作るんじゃ
千年かかって一センチ位の土をな

その土がわしらの栄養になって
根が吸いこんでやっと芽を出す
だけどミミズや微生物は
最近人の出すゴミをよう喰わん
金属やコンクリやビニールやプラスチック
人間の発明した新種のゴミはな
あれらは大地の厄介者じゃ
喰おうにも喰えん
消化が出来ん
そればかりか、毒じゃ
喰ったら　腹こわす

どうして人間は
ああいう毒物を
次々に発明して地べたに撒くのかの
それがいつかは自分の首を

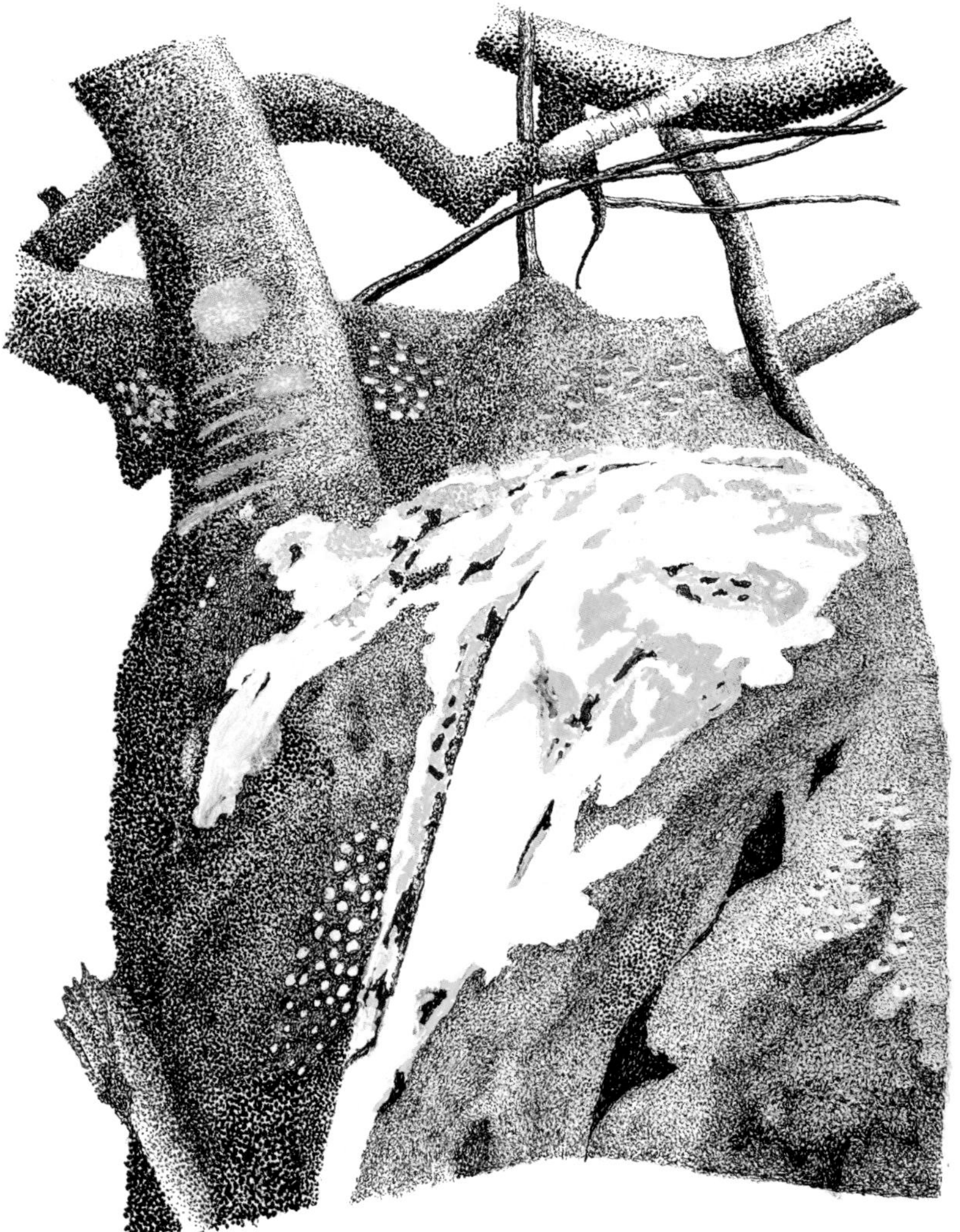

'19. 3. 15.

475

50

絞めることになるのに気づかんのかの

何年か前にどでかい地震が起き
見たことない大津波が海から押し寄せて
福島の原発を爆発させた
危険だ危険だと噂のあった
放射線ちゅう恐ろしい毒が
あたりにとび散って土を冒《おか》した
土ばかりじゃない
水まで汚染した
触れるはおろか近くに行って
浴びるだけで人はコロリと死ぬ
世にも恐ろしい猛毒の飛散じゃ
土が冒された
水も冒された

人間は必死でその土をかき集め
フレコンたらいう袋につめて
あっちにもこっちにも毒の山を築いた
冒された水はタンクにおさめ
海に流すか空気中に撒くか
喧々諤々論じとるうちに
水のタンクがどんどん増えて
新しく作る場所がなくなったもンじゃから
サクラの森をどんどん伐って
新しいタンクの置き場を作った
伐られたサクラはいい面の皮よ
燃したら放射線が出るちゅうんで
土に埋められた
原発の敷地のな
あすこらは昔Jヴィレッジちゅうて
サッカーの練習場のあった所だが
その前は静かな森だったンじゃ

カブト虫や小鳥がいっぱいおって
子供らが自由に飛び廻っとった
その土地が猛毒のゴミ捨て場になった
核汚染物の仮置場ちゅうな
何が仮置場じゃ！
仮りの置き場ならいずれはどこか
ちゃんとした捨て場に移される筈じゃが
そのちゃんとした捨て場の
場所が決まらんのよ！
人の作ったゴミだというのに
引きとろうという人が誰もおらんのよ！
政治家も財界も学者も何も
作るだけ作って
使うだけ使って
ネオンギラギラ
クーラーがんがん
快適な暮らしに浮かれとったくせに

いざとなったら
そこから出たゴミを
引き取ろうという者が
誰もおらんのよ!!
人間ちゅうものの本性が知れるわな

臭うじゃろ
ゴミの山のあの臭いが
何ともイヤラシイあの臭いがよ

エ!? 判らん!!?
咲き始めたサクラの匂いだけがする!!?

あんたの鼻はおかしくなったな?
良い匂いだけかい、かげて
イヤな臭いはにおってこんのか

（溜息）

そういうもんかの　もはや人間は
都合良いもんだけが　見えて匂って
都合悪いもんは　見えも臭いもせんか

ア
それともコロナの後遺症かもしれんぞ
あれは嗅覚障害をおこすというからな
そうじゃそうじゃきっと
コロナの後遺症じゃ

古木は
無数の垂乳根《たらちね》を垂《た》らし、
様々な生き物を
育くんでいた

'19.7.21.
青森・北金ケ沢の大銀杏
樹令 推定1300年

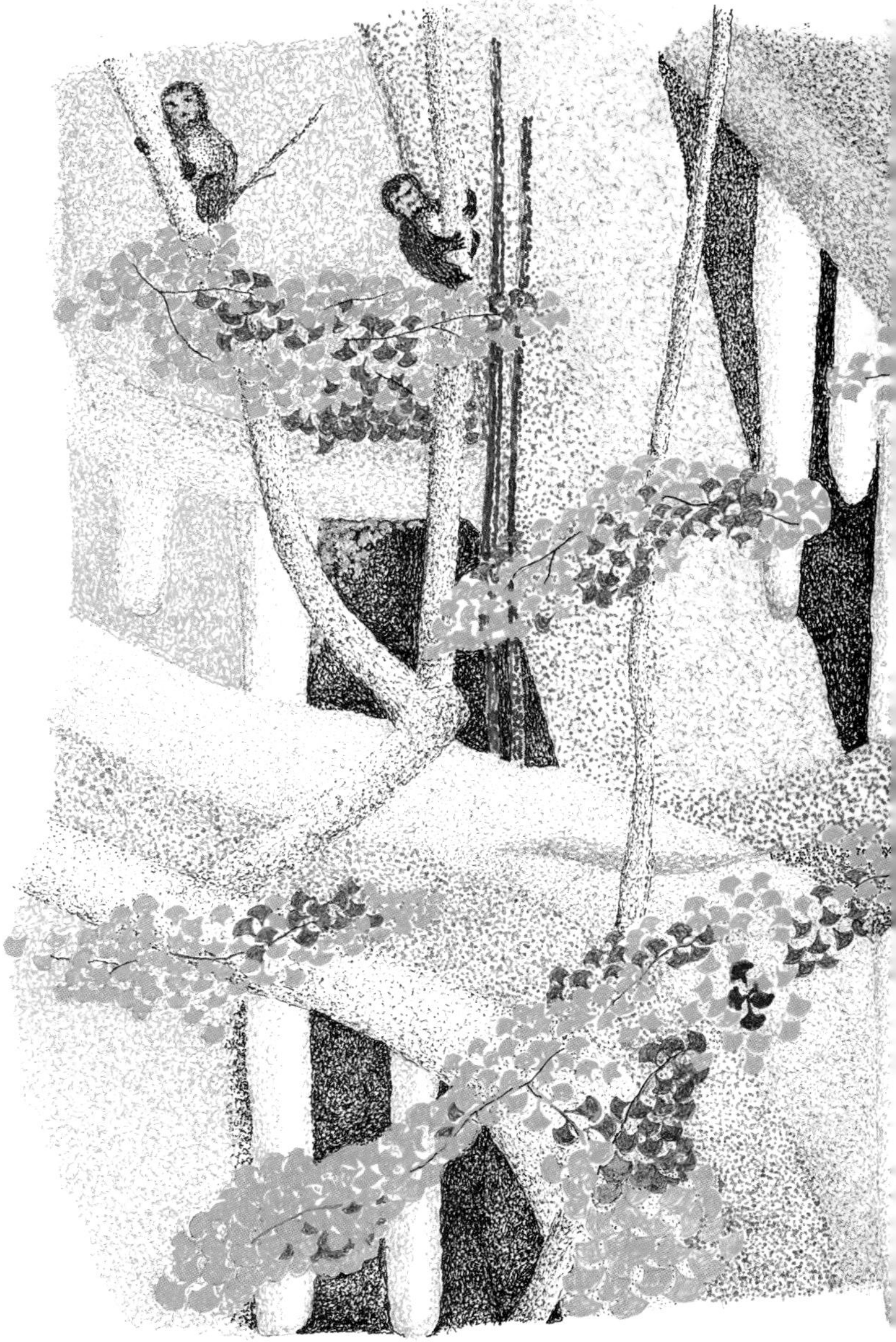

わしは誰のもの

## わしは誰のもの

一つ教えて欲しいンじゃがな
所有権って一体、どういうことなの

一寸待て！　待て待て!!

そんじゃわしは
誰かのものなの？
いつから
一体、何年前から

千三百年も昔から!!?

覚えとるよそのさわぎは
和銅年間のころの話じゃろ?
出羽の柵ちゅうもんが出来《でけ》て
多賀城が出来《でけ》て鎮守府たらいうもんが置かれて
いくさがおこって
人がようけ死んで
伊治呰麻呂《これはるのあざまろ》とかいう者《もん》が反乱起して
ようけの軍勢が西からやってきて
何百人何千人がでっかいけんかして
蝦夷地平定ちゅうて
大さわぎじゃった
あの頃の話じゃろ?
今から
たしか千三百年近く昔の話よ

あの頃わしゃぁ物心ついたんじゃ
まださしわたし一尺位かな
元気な若木で
ピチピチしとったよ
あの頃ここらは水が豊富でな
きれいな水が地中に溢れとった
だからどの木も威勢よかったの
種が落ちりゃぁどんどん芽が出てな
ブナもコナラもヤナギもタモも
みんな競って成長したもんだ
けものも鳥も元気じゃったな
クマにキツネにオオカミにシカ
リスにウサギにタヌキにサル
冬のしばれはきつかったけどな
雪が降るとみんな穴ほってしのいだの
弱いもんは強いもんが捕えて喰ったがな
余計な殺し合いはせんことになってたの

ヒトも一緒じゃった
エゾの人方が多かったけどな

坂上田村麻呂ちゅう御仁が
西方《かみがた》からドッと攻めこんできて
アテルイちゅう強いエゾの大将が
ようがんばって最後まで戦った
結局敗れて降参したがな
降参して上方につれてゆかれて
河内国で処刑された
その頃のことはまだ覚えとるよ
そこまではわしもきいとるがな
そこでここらの土地は
大和朝廷のなわばりになった
それは知っとるんだ
だがな　あくまで　なわばりだぞ

なわばりちゅうことと
所有するちゅうことは
全然話がちがうんでないか

なわばりちゅうことは
そん中で自由に
山菜を採ったり　狩りをしたり
それが許される土地だちゅうことだべ？
ちがう!?
どうして

その土地に持主が出来るちゅうこと!?
一寸待て！
だから土地を持つちゅうのはどういうことよ！
わしらが誰かの持ち物になるってこと!?
待て待て待て待て！
そんな話全然きいとらんぞ！

誰が決めたんだ！
わしらに全く断りもなく
わしら誰かの持ち物になったってか

ふざけるな！
わしら自分で地べたから水を吸い
芽を出し　種を生み
それを大地にばらまいて
子孫を営々と育ててきたンだ！
嵐と闘い雪に耐え
何百年何千年必死の努力をして
幹を太らせ　枝を伸し
その枝にいっぱい葉をつけて
秋になりゃその葉を地べたに落とし
長い時間かけてその葉に雨を貯《た》め
それを腐《くさ》らせて土を作ったンだ
その土の上に種を落として

少しずつ子や孫を作って行った
そうやって今の森を作ってきたんだ
ヒトの力なんか　全く借りとらん！
人の力なんか借りとらんのに
それを自分らの持ち物だというのか！

納得できん！
全く判らん！

森を人間が所有するというなら
わしら一本々々の樹にも
持ち主がおるんか！
草花もそうか！
ツタもそうか！
苔もそうか！
そこを通ってく風もそうか！
キツネもそうか！　ウサギもそうか！

クマもタヌキもオオカミもそうか！
そういう連中に一々断ったか!?
今日からあんたはわしの持ち物ですと
全ての生命《いのち》に一々断ったか！
断っちゃおるまい
一々断れるわけがない!!

判った　少し落着こう
初めて聞く話だから
年甲斐もなく　興奮した

一体いつからそうなったンだ
昔ァなわばりと云うとったもんが
いつから個人の持ち物になったンだ
それよりわしらは誰のものなんじゃ
たとえばあすこのあの大杉

あれは誰のものよ
田中さん!?
田中さんてあの茅葺き屋根の田中さんか
田中の爺さんならよく知っとる
ひいじいさんもよく知っとる
ひいひいじいさんもよく知っとる
ひいひいひいじいさんも
売った!?
誰に！
町の滝口!?
そんな奴知らん！　すると
又売った!?
誰に！
小田島!?　知らん
更に売った!!?　誰に!!
中国人!?
すると今わしは中国人の持ち物か!!

だがここは日本の領土じゃねぇのか!!
日本の領土でも中国人の所有か!!
そんなことがいつから許される様になった
日本人は土地を中国人に売るのか!!
いゝ、いゝ、
なわばりではなく土地自体を!?

なぁあんた
あんたまだお若いから判らんかもしれんが
——若くない？
おいくつ
七十六
若いよ！　わしゃぁ千三百二十五歳だ

自然というのは売り買いできるもンじゃねぇんだ
自然は個人の持ち物じゃねぇんだ
個人が自然とか土地を持つって

そんな傲慢は許されねぇんだ
そんなこと云ったらあんた
神様から　手ひどい
罰が下るよ

# 鳥海のブナ林

おい（私）は時々、人間と森が
別々に住んだ方が良かったのではないかと思うことがある

人間は森を利用するばかりだし
時には勝手においたちの命を絶つ
花や紅葉の季節だけおいたちを愛《め》でに来《き》
実がなると勝手にそれを採りに来るが
鳥や小さなけものたちのように
実が我々を次世代につなぐことを

殆んど気にしている気配もない
何より一番腹の立つことは
おいたちの葉に全く敬意を払わず
邪魔者扱いにしよることだ
葉っぱこそ人間の命の糧《かて》
空気と水とそして大地
それを恵んでいる源だというのにな

だから近頃森の中には
人間を敵視する
そういうものが出始めた
木ばかりじゃない
鳥やけだもの
虫や小さな微生物などもな
これ以上人間と森が
肩寄せ合って生きて行くことは
そろそろ考えた方がいいンじゃないかと

そういう意見が出始めておるんじゃ
これはとっても重大な問題だ

昔はちがった
全くちがった
人は森を敬い　大切に考え
常に敬意をもって接した
昔といっても　大した昔じゃない
今から　百年も経たん昔じゃ
大雑把に云やぁ
あの大戦の終ったころからか

それまで森は神聖なもので
森に入る時ァ人は祈ったし
立木一本伐り出す時にも
杣人《そまびと》は切り株に酒を供えたもんだ

その「神聖」が人から消えた
人の「神聖」は森や自然でなく
金になるのかならんのか
つまり「経済」が神様になった
具体的に云えばいつ頃からかのう
大戦が終ってしばらくたって
林野庁が破綻して営林署がなくなり
営林署員が消えた頃からかのう
山の世話人
山の番人
木樵《きこ》り、山子《やまこ》達が姿を消した
あの頃からじゃろうとおいは考える

木樵りは　おいたちの仲間じゃったよ
連中は木を伐りに山へ来るが
枝払いやら間伐やら
森の為を思って手入れにくるんじゃ

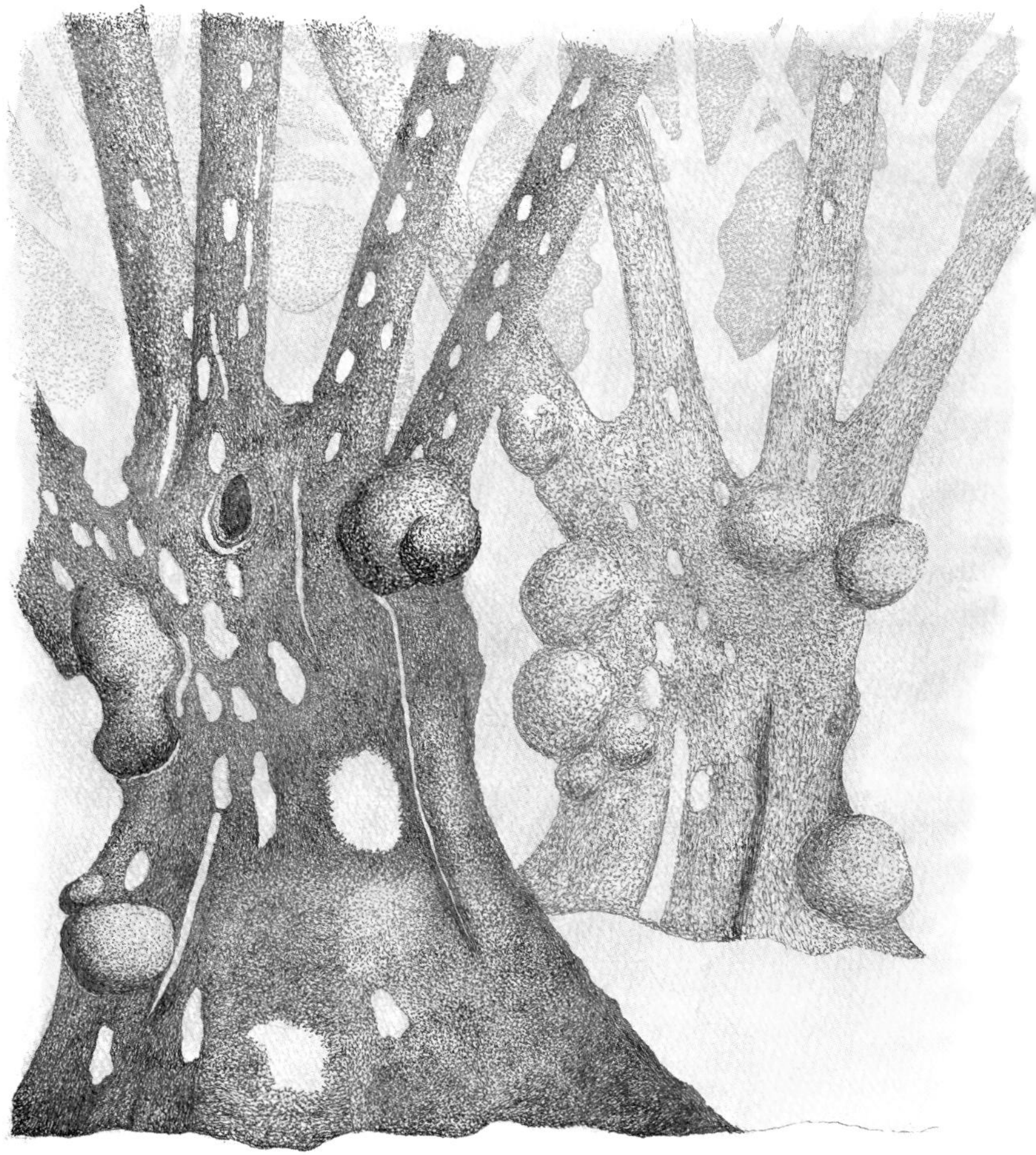

'19. 12. 19
鳥海ブナ林. (秋田)

密集しすぎたら陽や風を通す為
蔦《つた》がからまったら除いてくれる為
その蔦にも連中は一々気をつかった
蔦は蔦で一つの命じゃからな
大体連中は機械を使わなかった
オノやナタで作業を進めたもんよ
木を倒すンだって全部マサカリだ
だから一本の木を倒すのに
そりゃぁ時間がかかったもンだ
今ときたらどうだ！
チェーンソウ一つで五分で木を倒す
何十年かかって育った命が
たった五分で倒されるんじゃ
こんな連中とは一緒に棲めんわな
だから最近森の衆たちは
人と付き合うのはもう無理じゃないかと
別れた方が良い　と云い出しとるんじゃ

おいたち鳥海のこのブナ林を見てくれ
みんな不思議な形をしとろう？
地元の連中は「ゼー」って呼んどった
ひこばえのことを云う
「ずれぇ」が訛った言葉じゃろ

戦後の物のなかった時代
村の衆たちが頼みに来たんだ
こんなこと頼むのは無茶だと判っとる
しかしわしらもう何もなくて
炭を焼く木が一本もない
無体云うとるのは承知の上だが
何とかこの森のブナを伐らせてくれ
いいよ、とおいたちは快《こころよ》く承知した
日頃世話になっとるあんたらの為じゃ

どうぞ　好きなだけ伐ってかまわんよ
村の衆は手をついておいたちを拝んだ
それで翌日からブナを伐り始めた
だがな
連中　未来《さき》のことを考えた
根元から伐ったらおいたち完全に死ぬ
少しでも蘇るように根元からは伐るまい
新芽が出るぐらいの長さは残そう
それで普段はそういう伐り方せんのじゃが
根から一メートル位の長さを残して
その高さからブナを倒した
その連中の心遣いがな
おいたちにもビンビン伝わってきた
それでみんなで心を決めた
よし、折角残してくれたこの高さから
おいたちがんばって新芽を出そう
おいたち命を残してもらった

残った命から又、命を生もう！

それが御覧の鳥海のブナ林よ
一メートル程で伐られた元木から
みんながんばって新芽を出して
戦後七十年その新芽を伸し
今見る立派なブナ林になっとる
な
伐られた当時の元木が判るじゃろ
そこからどんどん枝を伸した
だからここらのブナの林は
こういう不思議な姿をしとるのよ
この「ゼー」は　人と森とが
助け合って暮しとった時代の証しよ

森が人間を信じられなくなったのは

何とも淋しい　哀しい話よ

でも仕方ない
人間の頭は
すっかり　昔と変ってしもうた
もはや人間は　森や自然を
家族としてではなく
金のツルとしか見んようになった

だからおいたちは　天に頼んで
なるべく人の目に触れぬよう
目立たぬように　霧の中にいる
霧にかくれて
ひっそりと生きとる
淋しいことだ
でも
仕方ない

# 石割桜のつぶやき
# 都市を砕け！

石割桜とわしゃ呼ばれとる
今は裁判所の玄関前にあるが
元々は盛岡藩の家老であった
北家の屋敷の庭にあったのよ
あれは家光公の時代だったな
どでかい花崗岩の岩のくぼみに
ヒヨドリが一発クソをたれてな
そん中にエドヒガンの種が入っとって
わずかな土にそれが根づいたンだ

最初はヒョロッとした
弱々しい芽じゃったよ
だが　根ががんばった
そりゃがんばった

がんばったのは岩が笑ったからだ
笑いやがったンだわしを馬鹿にしてな
こんな所に根を張って
どうするつもりだって笑いやがったのよ
それで二本の根が頭に来て怒った
そんならわしら　がんばってやろうって
そいで二本の根が協力して
岩のすき間を　下へ向った

最初は堅かったよ
えらい堅かった
花崗岩ちゅうのはも少し脆《もろ》いかと思ったが

そんなこたぁない
堅えンだ
それで二本の根が話し合ってな
二交代でやることを思いついた
やっともぐりこめる細いすき間にな
二本同時に頭つっこんで
片方が押しこむ　もう一方が押しこむ
とにかく岩を眠らせんでな
一時《いっとき》も休ませんで穴を拡げたのよ
この方法は成功した
岩も眠いのよ　休みたいのよ
ところが全然休めんもんだから
さすがに岩の方も音をあげて
ある日ビシッと裂け目が入った
そこヘドドッと三本目四本目が
楔《くさび》を打つように間髪入れず入った
これがわしらの最初の成功よ

さぁその方法を身につけたから
それからはそのやり方を利用した
岩も初めてわしらに対して
一目置《いちもく》くようになったみてえだ
その方法をどんどん使った

五十年百年　そのやり方で行った
そのうち根の方も少しずつ肥って
すき間がわずかずつ拡がって行く
時にはビシッと岩が砕ける
そうやって二百年三百年
遂にわしらは岩を突き抜け
下の土壌まで到達したンだ！

本当云うとあんたらに岩の下のな
地下の様子を見て欲しいンだ

岩を掘り起こしゃぁ見れるんだがな
誰も掘り起こそうとする者がおらん
大正十二年　花が盛ってな
国の天然記念物に指定されちまったから
土を掘り返すと罰せられるようになった
地下の世界を誰も探れんのよ
何が　天然記念物だ！

気づいとるかあんた
わしらが闘ったのは天然の岩だ
だがな
近頃あんたら人類は
まるでわしらにいやがらせするみたいに
まがいもんの岩を地面に張り出した
本当にそこら中　地面一面にだ
コンクリートと
アスファルトって奴よ

あれは　わしらへのいやがらせか？
わしら勿論闘っとるよ
手抜き工事のすき間を探してな
小さな割れ目に　根をさしこむンだ
アスファルトやコンクリは
岩より脆いからな
すぐにヒビが入る
そこにどんどん根を拡げるんだ
あっちこっちで　わしら闘っとる
それで立派な木を育てても
天然記念物とは云うてくれんがな
どころか　逆に邪魔者扱いだ
一寸肥ると　すぐに伐りよる
文明ちゅうもの　都市ちゅうもんが
わしらにゃ全くさっぱり判らん
植物の生えん土地を　不毛というのに
人間は不毛の地をありがたがっとるンだ

木がきらいなのか
あんたら人間は
花見には来るくせに
木は好かんのか？

葉っぱのことも考えてほしい
わしら　葉っぱをいっぱいつけて
水と酸素を　あんたらに贈っとる
花と実は　わしら自身の為
葉っぱは　あんたら動物の為じゃ
その為にわしは何百年と
岩を砕いて闘ってきたのよ
どうじゃ
ここらであんたら人間も
少しはわしらのことを考えて
アスファルトとコンクリを何とかせんか

脳ミソにつまっとる智恵を使って
少しは都市を　砕いてみせんか

俺ァ根をもって
岩を砕いた
汝《ぬし》ぁ智をもって
都市を砕け！

'19. 11. 20
盛岡. 石割桜
SO

# 昔、御神木だった

昔は　神木　と呼ばれてたンだわし
何年前かな
百年、百五十年
もう忘れたよ
遠い昔だ
今は切株が残るだけだ
手を合わせに来る人ももうおらん
村が消えたからな
十八軒程あったんだ

何代も続く農家がな
若い者たちが　町へ出始め
残っているのは年寄りばかりになって
三十年前はもう
限界集落といわれとったか
清水のじいさんが死に
ばあさんが呆けて
町の施設に入り
竹山のおさよさんと
内村の夫妻が
最後まで二軒でがんばっとったが
何年前かの大水で
土砂くずれが起きて
内村んちが流され
最後までがんばっとったおさよさんも
倅《せがれ》夫婦に引き取られて町へ下りて
廃村になったのが　何年前だ？

忘れた

昔は御神木と呼ばれてたンだわし
清水が湧いとったたからな
わしの根方から
村の衆はみんなその水を汲んで
小さななりわいを　営んどったもんよ
だからあの頃村の連中は
木《わし》に神様が宿っとるって
そりゃぁ大事にしてくれたもんだ
通りすがりにみんな拝んでな

湧き水が突然出んようになったのは
二山《ふたやま》奥の神辺《かんべ》の沢に
大きな衝立《ついたて》が出来てからだ
今で云うダムだ
コンクリートの衝立だ

誰もあのせいで湧き水が枯れたなンて
考えた村の衆はいなかったがな
何しろ山二つへだてた
はるかかなたの衝立の話だ
でも　そうなンだ
わしには判っとる
あの衝立が水脈を変えたンだ
ここの湧き水の水路《みずみち》を断った
地下の水脈ってのはややこしいもンなンだ
表層地下水と深層地下水ってのがあって
それが複雑に絡んどるのよ
だから奥山にできた衝立が
意外な下流で水路を変える
木の根はその地下の水の匂いを
敏感に嗅ぎとって根を伸ばすンだが
その水路《みずみち》を突然断たれりゃ
場合によっては命とりになる

わしの場合が良い例よ
主根が頼っとった水路が枯れて
おまけに湧き水まで止ってしもた
水が出んようになったら
村の衆にとって
わしはもう御神木の
意味を失ってしもうたんじゃ
だいいちわし自身が
体力を失った
これまで根を通していただいとった
水も栄養も来んようになったからな
何百年間ずっと育ってきた
幹がどんどん力を失い
ツタやらコケやらが
弱みにつけこんで
わしの体を喰いもんにするから
たちまち枯れ出した

そしたら村の嫌われもんの
町会議員の井上の勘太が
倒れると危ないから伐ろうって云い出した
御神木に対して何をするって
おさよさんらが反対したが
村の実力者にゃ誰もさからえん
ある日業者がきて
チェーンソウでガーッよ
十分でおしまい
御神木は消えた
五百年の命が十分でしまいよ
わしの一生はそこでチョンさ

昔の人方が御神木と崇《あが》めてきた
神様の木を伐ったら祟《たた》りがあるぞって
村の年寄り衆は
陰で云うとったが

そのせいかどうか
住人がどんどん村から消えた
最初に逃げたのが井上の勘太よ
あいつが一番の戦犯じゃな

そもそも神辺に衝立作ったのも
元々あいつの云い出したことなンだ
あいつのやっとった土建会社は
あれで大儲けしたっていうしな
県の絡んだ公共事業って奴よ
勘太の会社は大きくなって
町に出て益々発展しよった
今じゃここらの県会議員様だ
湧き水を止めたのも
御神木を伐ったのも
元々あいつの仕業なんだわ

いかんいかん！
こういう恨みごと云うたらいかん！
木が人間の悪口云うたらいかん

村に住む者がいなくなって
家もどんどん勝手に朽ちて
道がひびわれて草に覆われたら
こんな山奥来る者は誰もおらん
わしのことなんて
——だってもう草に覆われた
苔だらけの只の切株じゃ
おぼえとるもんも誰もおるまいて
ま
静かなもんじゃ
これはこれでいい
わしの第二の人生が始まった

蟻が巣を作る
働き蟻の軍団が
作業で使う道を整理する
コケがもろくなった樹皮の上を覆う
地衣類もどこからともなく現われて
きれいな衣裳を切株に着せてくれる
腐り始めた芯をほじくって
弱い虫たちが卵を生みつける
それを小鳥が探してつつく
喰われまいと虫たちは奥へともぐる
そのうち木の芯に空洞ができる
そこにリスたちが木の実をかくす
リスたちには健忘症の奴も多いから
忘れられた木の実が新しい芽を出す
わしの死骸を栄養にしてな
そういう新しい世界の誕生を

わしは静かに見ているわけじゃ

これは愉しいぞ
本当に愉しい
何ていうかな
自分が本当に
本当の意味で
一つの神様になった気分じゃな
昔はそばに湧き水が出たおかげで
村の衆が勝手に御神木と呼んだが
本当は一寸照れ臭かったんじゃ
わしの力でも何でもなかったからな
だが今度はちがう
今度はわしが自分の死骸で
新しい世界を創ってるンだ
世界というか　小さな宇宙をな
どう思うあんた

わし
今度こそ一歩
神様に近づいたと云えまいか
何しろ新しい小さな生命《いのち》を
自分の切株で育てとるんだからな
本当の意味で今度こそわし
少し御神木に近づいちゃおらんか

'20. 5. 30

昔. 御神木だった (滝里)

## 桂のつぶやき
### ――2020年4月29日

よく来てくれた
歓迎しよう
町ではコロナ何とかが流行って
家を出るなと云われてるそうだな
人と逢っちゃいかんとか
気の毒に

奥さんはどうした
家におるのか

体調は良いンだな
それならよかった

残念ながら　エゾエンゴサクは
満開になるにゃ一寸早かった
去年は三日ばかり見に来るのが遅くて
シカに喰いつくされた後だったがな
今年は一寸だけ早すぎたな
それでも　よくごらん
一輪か二輪は花をつけ始めとる
可憐な色じゃ
大地の春の訪れじゃな

それよりあんた　上を見てみい
空のこの蒼さ！
久しぶりの色よ！
ここ数十年こんな純粋な

なつかしい　澄み切った空は見んかった
２０２０年４月29日
この日をようく憶えとくことじゃ
こんな空の蒼は久しぶりのことよ
天があんたを歓迎しとる
よう来てくれたこの桂の谷に！　となに

二、三日前にはエゾエンゴサクが
一斉に花を咲きかけとったンじゃ
何頭かのシカの群が偵察に来た
喰おうとしかけた若いのもおったンじゃ
でも長老がそれを止めた
あんたが今日来るのを知っとったからな
今は喰うなと　若いのを止めたンじゃ
２０２０年４月29日
この日は晴天で一寸冷えこむと
シカの長老には判っとったんじゃな

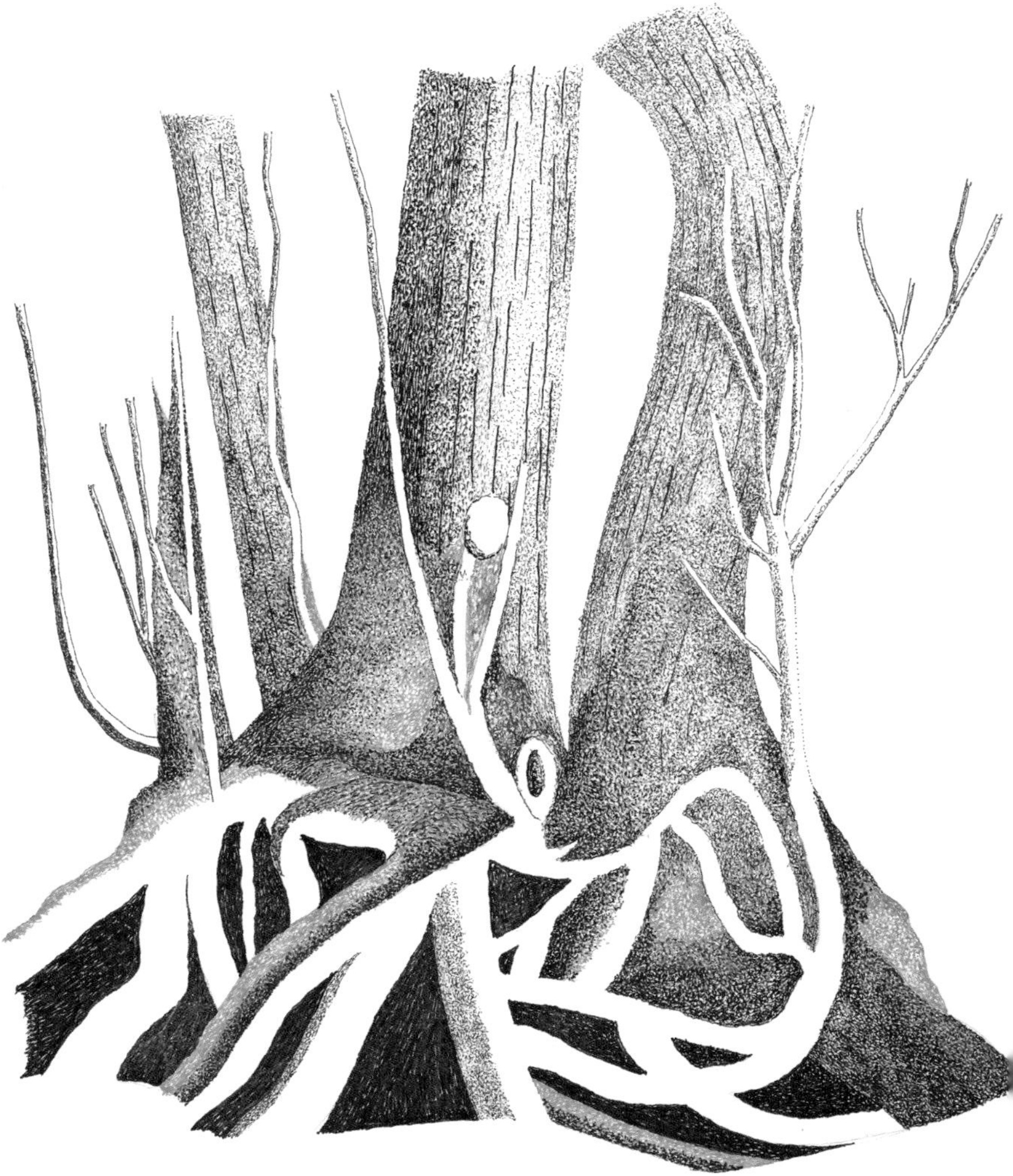

'20. 9. 17
桂谷の桂 (演習林)

50

だからあんたが楽しみにして来るのに
良い按配の開花をお見せしてやれと
残念乍《なが》ら少し冷えすぎて
エンゴサクの開花は一寸遅れとるがな

それにしても久しぶりの
何ちゅう蒼さだ！
こんな蒼さは何十年ぶりだろう
シカもリスたちもみんなはしゃいどる
クマもさっきまでそこらにおったンじゃ
あんたに遠慮して姿をかくしたがな
小鳥たちもごきげんだ
ホラ！　今啼いたのはウソの若鳥だ
生き物たちがウキウキしとる
みんなこの久しぶりの青空のおかげよ！

抜けるような青空と昔は云うたがな

本当に今日は　久しぶりにそれよ
抜けるって一体何が抜けるんじゃ
空をおおっていた天井が抜けて
宇宙の果てまで
つながることを云うんじゃろな
けものばかりじゃない
わしら桂の木も
みんなオダッとる
ここの桂は殆んどがメスで
オスは、ホレあの谷に生えとる
ひん曲った巨木
それにあの沢沿いの
一徹な老木
ここから見えるのはあの二本じゃが
数少ないあの二本のオスに向って
メス共は懸命にフェロモンを出しとる
欲情しとるのよ森全体が

それも久しぶりのあの青空のおかげよ
空をよく見なさい！
あの抜けるような蒼を
どうして急にここらの空が
あんななつかしい色になったのか

人間がみんな
動かなくなったからよ

車も走らん　飛行機も飛ばん
工場の機械も止ってしもた
人間が活動をせんようになると
地球はこんなにも清くなるんじゃな
せせらぎの音
鳥たちのさえずり
虫たちのすだき

木の葉のささやき
人のたてる音にかき消されとった
色んな音が蘇ってくる
やさしい音ばかりじゃ
癒《いや》しの音たちよ
これを聞いとると
みんな　優しくなる

のう、あんた
何とかせんかい
今日の空の蒼さと
自然の音たち
素敵だと思わんかい
倖せだと思わんかい
この幸福は　いつまで続くんじゃ
コロナ騒ぎがおさまって

人間がまたぞろ活動し始めると
蒼いこの空は　又消えるのかい
小鳥たちのさえずりも
又、消えるんかい

のうあんた
もういちどだけ空を見てくれ
２０２０年４月29日
この日の青空を
澄み切った青空を
心の底にしっかり刻んでくれ
これが人間の騒ぎ出す前の
何千年続いとった昔の空の色じゃ

美しいと思わんか
のう　あんた

## 萬葉《まんよう》の言の葉

わしのこの樹に今
何枚の葉っぱがついとると思う

今年で凡《およ》そ二十萬葉
萬葉という言葉は大袈裟じゃないのよ
その葉が今黄色く色づいて
一枚ずつ巣立ちし　地に還って行く

あんたに　落葉の話をしよう

葉っぱはわしらの　一年の日誌だ
よく見ると葉脈と葉脈の間に
この一年の記録が記されとる
それが地に落ちて菌類に分解され
土に記録が遺されて行くのよ
まぁ云うてみりゃ地球の
公文書館のようなもんじゃな

今年は地上でコロナが暴れた
人間は初めてコロナウイルスに出逢うて
右往左往の大さわぎをした
大さわぎしたのは良いことだ
あれは自然のいたずらだよ
復讐なんて云わん　一寸したいたずらよ
人間が一寸調子にのりすぎて
あんまり自然を馬鹿にするからな

あんたらはそれ程賢くなんかない
ほんの一瞬地上に現われて
科学やら経済やらつまらんもの覚えて
まるで宇宙を征服したかのように
錯覚と勘違いで増長しとるから
少しそこんとこに気づかしてやろうと
小さないたずらをしかけとるのよ
それがいたずらだと人が気づくように
時々笑って種明かししとるのに
それにも全く気づこうとせん
予想以上に賢くないな人は

自粛じゃ巣ごもりじゃと経済を止めると
あんなに蒼い空が天に拡がる
都会の馬鹿さわぎを一寸規制すると
感染者の数がたちまちおさまる

規制をゆるめると又すぐ増える
あんな判り易いグラフを見とるのに
経済・金儲けに狂った人共は
数字の意味をよう見通せん
一寸落着きゃぁ規制をゆるめる
すると又ぞろ感染者が増える
経済という病気に眼を冒された人類は
真実を見る目が曇っちまったんだな
あんまり賢い動物とは云えん

ＰＣＲだの抗体検査だの
面白いなァ人のやることは
一生懸命ウイルスを追っかけるが
かけっこしたって詮《せん》無いことよ
コロナといくらかけっこしたってさ
科学が宇宙の理《ことわり》に勝てるわけねぇわさ

一つあんたらの誤《あやま》ちの素《もと》の
ヒントになることを教えてやろう

あんたら時々わしら古木を
珍しがって見物に来る
注連縄張ったり手を合わせたりな
あれは何の為にああいうことするんかな
御利益《ごりやく》
御利益にあずかりたいからか？
御利益って何だ
神仏が人間に与える利益《りえき》のことじゃろう
利益
な？
利益になることを人は考える
得になることをいつも望んどる
それがあんたらの行動の基《もと》になっとる

そこがわしらと少し違うとこよ
金が儲かる
得をする
だから何々をする　ちゅうことを
わしらの森の樹は誰も考えんよ
けものも考えんよ
鳥も考えんよ
虫も魚も考えんよ
多分人間だけでないかな
何々すりゃぁ得になる
何々すりゃぁ金が儲かる
何々すりゃぁ楽が出来る
そういう動機で行動するのは

アリストテレスちゅう人を知っとるかな
昔の人じゃ
たしかゲレシャかどっかの人じゃな

'20. 11. 17.
落葉の森

あんた方の先輩じゃ
その人が昔、ええ事を云うとるよ
〝美は、利害関係があってはならぬ〟
そういう言葉じゃ
これは仲々の名言じゃな
芯をくっとるよ
〝美〟ってのは広い意味での〝美〟だ
なすこと、すること、全てに通じるな
行為全般というてもいいかもしれん
つまり生きてする色んな行為に
損得勘定を入れるなってことだ
損得を考えると行為の眼が曇る
やること考えることに美しさがなくなる
ここじゃな
人間の今の問題は
政治も経済も　科学も医学も
損か得かで方針を決めとらんか

そこがわしらとちがうとこだな
もひとつわしらと大きくちがうのは
人間が「欲」の生き物だということじゃ
物欲・出世欲・知識欲・性欲
まぁ性欲に類するものでは
繁殖欲ちゅうもんがわしらにもあるがな
しかし人間の性欲とはちがうよ
繁殖欲には　よろこびもあるが
人間のような　えくすたしい　はねぇな
どっちかと云えば辛いつとめさね
欲を持っちまったのが
人類の悲劇だな

わしの幹についた地衣類を見てみい
苔とはちがうぞ、ホラ、この
地衣だ
地衣と苔とを混同しちゃいかんぞ

一見似とるが全然ちがうもんだ
菌類が藻類やシアノバクテリア様と
共生して作ったのが、この地衣よ
地球上で知られてる全菌類の
約21％が地衣になっとるのよ
面白いと思わんか
21％という この数をどう思う
六億年前地球が大変化して
生物が初めて誕生したのは
地球上の酸素が急に増えたからよ
それまで1～2％しかなかった大気中の酸素が
21％に突然増えて安定した
おかげで植物が出来
動物が誕生したのよ
21％
面白いと思わんか
地球上に生きとる全菌類の

地衣化した数字と符合するじゃろ
そっちも21%
こっちも21%
シアノバクテリア様のいたずらじゃと
わしゃあひそかに考えとる

シアノバクテリア様は二十七億年前から
この地球上に存在しとるよ
いわばわしらの大先祖じゃな
二度の全球凍結を生き延びて
六億年前、生命を生み出した
シアノバクテリア様は滅茶賢いんだ
脳ミソが果してあるのかないのか
そんなむずかしいことはわしゃ知らんがな
とにかくシアノ様が菌類と共生して
地衣類ちゅうこの
不思議なものを創られた

だから地衣類をわしら尊敬しとるし
己の幹に地衣がつき始めたら
やっと神様に認められたと
大きな箔がつくわけよ
苔がついたって　まだ若僧よ
地衣がついたら一段上るのよ
古木巡礼をする人がおるが
あれは地衣様の存在に対して
無意識に頭が下がるからでないかな

勝手なことをガチャコチャ云うとるがな
こりゃぁ全部　老木の勝手な繰り言じゃ
あんたら人間の科学者が聞いたら
アホなと一笑に付すことじゃろな
いいんじゃ

少ししゃべりすぎたな

だけどいずれにせよコロナさわぎは
自然の神様のちょいとしたいたずらよ
どうしてそんないたずらをなさったか
神様の身になって考えてみなさい
人類の何を　たしなめておられるかをな

それでも判らんなら
落葉をよく見なさい
あんたらが単なるゴミと思っとる
落葉の葉脈と葉脈の間に
わしらが遺しとるわしらの言葉をな

萬葉の言の葉とは
そのことを云うんじゃ

初出誌　「季刊　富良野自然塾　カムイミンタラ」
戦争好きの人類へ（「古木巡礼（序）」を改題）　49号（二〇一九年十二月）
鳥海のブナ林　50号（二〇二〇年三月）
桂のつぶやき——2020年4月29日　51号（二〇二〇年七月）
オガタマノキ（「南方のクス」を改題）　52号（二〇二〇年十月）
萬葉の言の葉　53号（二〇二〇年十二月）

その他は全て書き下ろしです。

装幀　野中深雪

## 著者略歴

作家・脚本家・劇作家・演出家。一九三五年東京都生まれ。東京大学文学部美学科卒。五九年ニッポン放送入社。六三年に退社後、脚本家として独立。七七年、富良野に移住。八四年、役者と脚本家を養成する私塾・富良野塾を設立。二〇一〇年の閉塾後、卒業生を中心に創作集団・富良野GROUPを立ち上げる。『北の国から』『前略おふくろ様』『やすらぎの郷』など、作品多数。〇六年よりNPO法人富良野自然塾を主宰し、環境保全にも力を注いでいる。自然と人間の共生についてのメッセージをこめた木々の点描画は千点以上にのぼり、各地で展覧会が開催されている。

---

# 古木巡礼《こぼくじゅんれい》

二〇二一年四月十五日　第一刷発行

著　者　倉本聰《くらもとそう》

発行者　大川繁樹

発行所　株式会社　文藝春秋

〒102―8008　東京都千代田区紀尾井町三―二三

電話　〇三―三二六五―一二一一（代）

印刷所　萩原印刷

製本所　加藤製本

万一、落丁・乱丁の場合は、送料当方負担でお取替えいたします。小社製作部宛、お送り下さい。定価はカバーに表示してあります。



ISBN978-4-16-391341-4